しっぽが好き?
～夢見る子猫～

HIKARU
MASAKI
真崎ひかる

CHOCOLAT
BUNKO

ILLUSTRATION 小椋ムク

C O N T E N T S

《プロローグ》

ざわざわと、大勢の人たちが思い思いにしゃべる声はさざ波のようだ。意図して聞き取ろうとしなければ、意味を持たないBGMでしかない。

千翔《ちか》は、少し年齢が上の子供たちの輪から外れたところで立ち尽くしていた。定期的に催されるというアカデミーの在校生と卒業生の交流会だが、コレになんの意味があるのかわからない。

他の皆が集まっているところには、このアカデミー出身者だという大人たちから寄贈《きぞう》されたものがある。

でも、分厚い本はアカデミーの書庫に大量にあるので珍しくないし、高性能の最新パソコンや人工知能を組み込んだ新型ロボットにもあまり興味はない。

なにより、人が多い場所は苦手だ。でも、勝手にここを出て行くことはできない。

どこか、あまり人がいないところは……と、逃げ場を探して周りを見回す。

ふと千翔の目に留《と》まったのは、低い台の隅に整然と並べられた、両手に乗る大きさの様々なぬいぐるみだった。子供の目線を意識してか台は千翔の腹くらいの高さなので、ちょうど視界に入りやすい。

「なにこれ」

パソコンやロボットのあたりとは違い、周囲には人がいない。千翔以外は、誰も気にしていないようだ。

見向きもされず、ただ静かに台の隅に置かれているぬいぐるみたちは少し淋《さび》しそうで、呼ばれるように歩を進めると恐る恐る手を伸ばした。

一番近くにあったものに指を触れさせてみたが、これは猫《ねこ》……？

本物の猫と接する機会はなく、映像や図鑑でしか目にしたことがないけれど、たぶん……間違いない。

「……ふわふわ」

指先に触れた薄茶色の毛は、予想していたよりずっとやわらかい。ビックリして一度は手を引いたけれど、再びそっと伸ばした。

ふわふわ……やわらかな毛が、心地いい。

触れているだけで、自然と唇《くちびる》に微笑が浮かぶ。

虎《とら》、猫……鳥に亀《かめ》。蛇《へび》まで。

哺乳類《ほにゅうるい》だけでなく、いろんな生き物を模《も》したぬいぐるみはなんだか不思議で、いつしか夢中になって触れていた。

集中すると、周囲を完全にシャットアウトしてしまうのはいつものことだ。

ただひたすら目の前のものに意識を向けていたせいで、頭上から聞こえてきた低い声は完全な不意打ちだった。

「気に入ったか？」

「っ！」

心臓が大きく脈打ち、ビクッと肩を震わせて動きを止める。頭にポンと手が置かれ、ますます心臓の動悸《どうき》が激しくなった。

……動けない。

触ってはいけないと言われたわけではないので、悪いことはしていないはずだけれど、自分の世界に突如《とつじょ》侵入してきた存在に竦《すく》み上がってしまう。

「ん、あれ？　そんなに驚いた？」

千翔が声もなく硬直しているせいか、低い声の主が「悪い」と言いながら頭に置いていた手を退《ど》けた。

そこでようやく金縛り状態から解放され、鳥のぬいぐるみを握《にぎ》ったまま恐る恐る背後を振り返る。

千翔を見下ろしているのは、スーツを着た男の人だった。

太い黒縁の眼鏡《めがね》をかけているので、顔はハッキリ見えない。六歳の千翔にしてみれば、見上げるほど長身の大人の男は、すべて『おじさん』だ。

だから、持っていたぬいぐるみを低い台に戻しながら、そろりと口を開いた。

「ごめんなさい。おじさん」

「おじ……いや、俺はまだ二十一だから、そいつはちょっと勘弁。せめて、お兄さんと呼んでくれるとありがたい」

「は、はい」

お兄さんだったのか。失敗した？

苦い表情で呼びかけを訂正されて、「ごめんなさい」と小さく続ける。うつむいた千翔の頭を、大きな手がクシャクシャと撫《な》でた。

「あー……なにも怒ってないから、謝らなくていい。俺、怖い？」

怒っていないという言葉通りに、髪に触れてくる手は優しい。低い声も、笑みを含んだものだ。

ホッとした千翔は、「怖いか？」という問いに首を左右に振って、少しだけ肩の力を抜く。

緊張を、わずかながらでも解いたことがわかったのか、頭に置かれていた大きな手が離れていった。

「動物、好きなのか？」

「……わかんない」

好き？　嫌い？

本物を見たことも触ったこともないので、わからないとしか答えようがない。

ポツリと答えた千翔に苦笑したお兄さんは、膝《ひざ》を折ってしゃがみ込み、目線の位置を千翔と同じ高さにした。

それでも、眼鏡のレンズが分厚いらしくて目元は不鮮明《ふせんめい》だ。ただ、千翔のためにしゃがんでくれたことはわかったので、今度は完全に緊張を手放した。

「ここにいるってことは、アカデミーの子だよな？」

交流会のために用意されたのは、白いシャツと紺色のハーフパンツ。アカデミーの子供は、揃いの服を着ているので一目瞭然だ。

「チカ？」

白いシャツの胸ポケットには、アカデミーの紋章《もんしょう》が入ったネームプレートが取り付けられている。

お兄さんは、そこに表記されている英字の名前に視線を走らせて、疑問形で口にした。

「……うん」

「こうして見る限り、最年少かな。いくつだ？」

「六歳」

最年少。そう言われることは珍しくないので、アカデミーに属する子供たちの中で一番年下という意味なのだと知っている。五歳になってすぐ、ここに入った直後から千翔の前でいろんな大人がしゃべっているのだ。

千翔が年齢を告げると、驚いた顔をして続けられる言葉も、たいてい決まっていて……この人も、同じことを言うに違いない。

そう予想した千翔が唇を引き結んで待っていると、目の前のお兄さんは今までの大人たちと違う表情で千翔の頭を撫でた。

「同じくらいのガキと、泥だらけになって遊んでる年だろ。……罪だなぁ」

驚愕《きょうがく》と、得体の知れない怖いものを見るような目ではない？　低い声は、どこか淋しそうで……唇には苦い笑みを浮かべている。

少し手荒に髪を撫で回されるのも初めてで、戸惑った千翔は動けなくなる。

「ッと、悪い。怖がらせるかな。俺は」

「……そーすけ」

「あ……ああ、ネームプレートか」

しゃがんでくれたから視界に入った、お兄さんのスーツの胸ポケットにあるネームプレートの名前は、『SohsukeWakui』。

無愛想な千翔のつぶやきに、お兄さんは、

「そうそう。当たり。俺は『そーすけ』だ」

と、カラリとした笑顔を向けてくる。

これも、今まで千翔の周りにいた大人たちとは違う反応だ。

英字が当然のように読めることに言及するでもなく、『選ばれた子』だからと、偉そうに呼び捨てにするなと不快そうな顔をするでもない。

「さっきチカが持ってた鳥はな、ドードーって名前なんだ。そっちの牙《きば》が長い虎は、サーベルタイガー……スミロドンってヤツだ。でっかい角の鹿は、オオツノシカ。全部、絶滅種だから、動物園に行っても本物はいないけどな」

「ゼツメツシュ？」

千翔は首を傾《かし》げて、『そーすけ』の言葉を復唱する。

耳慣れない言葉に対する好奇心と、どうして『そーすけ』が淋しそうな顔をしているのか知りたくて、忙《せわ》しなく瞬《まばた》きする目で続きを催促《さいそく》した。

「地球上にいなくなった、ってことだ。俺は、そのぬいぐるみたちと同じように絶滅したりもうすぐいなくなりそうな動物を、甦《よみがえ》らせたり増やしたりする研究をしている。種によっては、一代限りの……一匹だけなら生まれるようになった。その子供が、なかなか続かないんだけどな」

唇を引き結び、ジッと『そーすけ』を見上げて話を聞いていた千翔は、「わかった」とうなずく。

憶《おぼ》えておくものとして『そーすけ』の言葉を記憶の引き出しに収めて、横目でぬいぐるみたちを見遣った。

もう地球上にいない。一匹だけ。

それは……すごく淋しそうだ。

「アカデミーの子には、つまらない話かな。チカも、遠慮せずあっちに」

ほんのりと唇に微笑を滲《にじ》ませた『そーすけ』は、千翔の背中に大きな手を押し当てて、他の子たちがいるほうへと促《うなが》そうとした。

千翔は、咄嗟《とっさ》に『そーすけ』の着ている服の袖口《そでぐち》を握り、大きく頭を横に振る。

「つまんなくない。じゃあ、そーすけ……たくさん仲間を作ってあげて。独りぼっちは、淋しそうだから」

心に浮かんだことを、上手く伝えられなかったかもしれない。

アカデミーの先生からは、千翔はお話しするのが苦手だとよく言われている。自分もそれは自覚していて、でも誰かと意思を疎通《そつう》させたいとは考えもしないので、これまで不便だと思ったことはなかった。

けれど……今、初めてもどかしさを感じる。きちんと『そーすけ』と話したい。心の中で思っていることを伝えたい。

ギュッと袖を掴んで懸命《けんめい》に見上げていると、『そーすけ』はふっと表情を緩ませて、千翔の頭をクシャクシャ撫でた。

「……わかった。じゃあ、約束な」

自分の右手の小指と千翔のものを絡《から》ませて、「指切りげんまん」と笑う。

誰かとそんなことをするのも初めてで、あとで意味を調べよう……と、自分の小さな指に絡む『そーすけ』の長い指を見詰めた。

「っと、呼ばれてる」

ふとつぶやいた『そーすけ』が折っていた膝を伸ばして立ち上がり、小指のぬくもりが離れていく。

胸の奥が、ズキンと痛くなり……急に寒くなったような奇妙な感覚に包まれて、思わずスーツの裾《すそ》に手を伸ばしかけた。

けれど、千翔に背中を向けようとしていた『そーすけ』が振り返ったことで、その手をビクッと引っ込める。

「またな、チカ。勉強ばっかりするなよ」

笑ってポンポンと千翔の頭に手を置き、短い一言を残して数人の大人のほうへと歩いて行った。

……勉強しろと言われることはあっても、するなと言われたのなど初めてだ。

頭を触ったり、千翔の知らない言葉を使ったり……『そーすけ』は、これまで周囲にいた大人となんだか違う。

「またな……って」

たくさんの人に紛れてしまって、もうどこにいるかわからない。でも、またな……と言った。

いつかまた、逢える?

テーブルに目を向けて、『そーすけ』に声をかけられた時に握っていたぬいぐるみを再び手に取る。

「ドードー……」

教えられたばかりの名前をつぶやき、鳥の大きなクチバシを指先でつついた。

小指を絡ませての「指切りげんまん」は、意味がわからないけれど、仲間を増やしてくれるようお願いした千翔に「わかった」と約束してくれた。

これらは、『そーすけ』に繋がるものだ。

広いアカデミーのあちらこちらに設置されたモニターからは、外国語のニュースやDVDが常に流されている。

それらを見るのは楽しいし、床に広げられた世界地図を眺めて、興味を持った国の言葉を先生に教えてもらうのも嫌いではない。

並ぶ数字の規則を考えて、加算したり減算したり……決められた数字に向かって解くのも、面白いと思う。

でも、このぬいぐるみたちは、今までになく千翔の心を捕らえる。

千翔が手に持つことのできるサイズに作られたぬいぐるみではなく、生きて……動いている実際のものは、どんな大きさだろう？

毛の触り心地は？

羽や尻尾の色は、ぬいぐるみと同じ？

こうして目にしているだけで、次から次へと疑問が湧いてくる。

どれくらいの時間、そこに立ってぬいぐるみを見ていたのだろう。ふと視界に影が落ちて、のろのろと顔を上げた。

「千翔、こんなところにいたのか。探したぞ」

千翔の脇に立っているのは、アカデミーの『先生』だ。今日は、普段目にすることのないネクタイをしている。

スーツの上からでもお腹が出ているのがわかり、さっきまで一緒にいた『そーすけ』みたいに、格好よくはないけれど。

「千翔の話をしたら、逢いたいと仰《おっしゃ》っていたから……あちらで、ご挨拶《あいさつ》して。アカデミーの大切なスポンサーだから、黙っていないで『こんにちは。いつもありがとうございます』って言うんだぞ。お辞儀《じぎ》も忘れずに」

「……ん」

自分から話すのは苦手だ。でも、教えられたことを倣《なら》うのなら楽だ。

与《あた》えられた自分の役目を果たすべく、たくさんの大人がいるテーブルに向かう先生を小走りで追いかけた。

後ろ髪を引かれて、一度だけぬいぐるみが並ぶ台を振り返ったけれど、千翔がいなくなるとその前に立つ人影はない。

ゼツメッツシュで地球上にいない……という『そーすけ』の言葉を思い出し、胸の奥がギュッと苦しくなった。

次はこっち……終わればあちらへ、と。

促されるまま、いろんな大人に挨拶をしながらキョロキョロと『そーすけ』の姿を探す。

でも、小さな千翔の目に入るのは大勢の大人たちの足ばかりで、最後まで求める人は見つけられなかった。

しゃがんで目線の位置を同じにしたり、髪に触れたり……「指切りげんまん」と、小指を絡ませたり。

それらが、純粋な『子供扱い』なのだと気がついたのは、ずいぶんと後になってからだった。

ギフテッドを集めて国費で英才教育を行うアカデミーの、最年少入所者。

ＩＱが百七十だと。

末恐ろしい。

普通の子供じゃない。

幼少期の千翔は、そんなふうに言われて、誰もが触れてはならないもののように遠巻きにし……特別視されていた。

すごいねと口では言って笑っていても、千翔に向けられる目は得体の知れない化け物を見ているみたいだった。

ただの子供として扱ってくれたのは、ただ一人。

あの時の『そーすけ』だけだったことも、後から思い起こして知った。

身体を預けた座席から絶え間なく続いていた振動が収まり、エンジン出力の低下が伝わってくる。

「着いた、か」

ふっと吐息をついた千翔は、全身に伝わる振動と鼓膜《こまく》を震わせる不快な重低音の余韻《よいん》に、小さく頭を振った。

時は二一〇〇年。この数十年で格段に技術が進んだとはいえ、超高速艇の振動を完全に無くすまでには、まだしばらく時間がかかりそうだ。

エンジンや燃料、船体の改良で海上でも百ノットで安定航行できる技術は確立されたけれど、快適な乗り心地との両立はなかなか困難らしい。

『只今、A－000に到着致しました。セーフティベルトのロックを解除します』

目的地に接岸したことを知らせる、機械音声が船内に響く。腰のところで座席に固定されていたベルトがふっと緩み、周囲の人たちが立ち上がった。

A－000と呼ばれる場所は、特殊な施設が建ち並ぶ大小様々な人工島の玄関口だ。上陸ゲートを通過するには、ここで厳重なセキュリティチェックを受けなければならない。

周りに人がいなくなったところで座席下から手荷物を取り出した千翔は、船内の狭い通路を抜けて短い桟橋《さんばし》を渡り、チェックを受ける列の最後尾に並ぶ。

年齢も性別も、国籍まで異なる人たちが、次々とゲートを通過していく。最後の一人となった千翔が進み出ると、ガードは表情を変えることなく、チラリと千翔の顔に鋭《するど》い視線を走らせた。

「お名前は」

「……秋庭《あきば》千翔」

「IDカードを失礼。こちらで虹彩認証《こうさいにんしょう》を」

物々しい武器を携帯しているガードにIDカードを差出して、示された小さな機械を覗《のぞ》き込む。ピーと高い音が響き、ガードの手元にあるモニターに『all clear』と記された緑色のランプが点《とも》るのを視界の端に捉《とら》えた。

話に聞いていた通り、厳重なセキュリティだ。国境を跨《また》ぐ際の、イミグレーションにも等しい。

そうすることが必要なだけの、重要施設だという証拠だろう。

「お待たせしました。どうぞ」

短い許諾《きょだく》の言葉に軽く頭を揺らすと、金属探知機を兼ね備えた頑丈《がんじょう》そうなゲートをくぐってロビーに入った。

関係機関には何度か足を運んでいるけれど、本拠地であるここに足を踏み入れるのは初めてだ。

「秋庭千翔くん、ですね」

「はい」

男の声で名前を呼びかけられた千翔は、足を止めてそちらに顔を向けた。

二十代後半だろうか。白衣を身に纏《まと》った、眼鏡の男……ステレオタイプの研究者スタイルに、思わず目を細める。

ただ、見てわかるほど表情は変わっていないはずだ。

クールなポーカーフェイスだと、いいほうに捉えて言ってくれる人もたまにいるけれど、なにを考えているのかわからない無表情だとか可愛げのない仏頂面《ぶっちょうづら》という言葉のほうが、遥かに多い。

千翔自身、意図的に感情を出さないようにしているのだから、成功と言えるだろう。

必要以上の感情の波は、周囲との無用な軋轢《あつれき》を生む原因となる。ゴチャゴチャ話しかけられて、やりたいことの妨げになるなど面倒でしかない。

こうして摩擦《まさつ》を最小限に抑えているつもりでも、「さすが天才サマ。凡人《ぼんじん》を見下しやがって」だとか「頭の中にＩＣ回路が詰まってるんだろ」と、無意味に絡んでくる暇人もいて……鬱陶《うっとう》しい。

「他の研修生たちは到着していますので、秋庭くんが最後だ。案内します。お荷物はそれだけですか？」

「……はい」

この人よりずっと年下……十八歳の千翔に対して、ずいぶんと丁寧な態度だ。上層部から、自分に関する余計な情報を聞かされているのだろうか。

そう考えたところで、男が歩きながら言葉を続ける。

「あの秋庭千翔くんがやって来るって、ずいぶんと前から噂《うわさ》の的でしたよ。ここの研究者には、アカデミー出身者も多くいますから。君の話は、僕も聞いたことがあります」

「噂、ですか」

自分の与《あずか》り知らないところで、真偽《しんぎ》を取り混ぜて面白おかしく噂されているのかと思えば愉快《ゆかい》な気分ではない。

短くつぶやいた千翔に、彼は「あ」と声を上げて歩を緩めた。

「すまない。自己紹介をしていませんでした。僕は、補助研究員の狩野《かりの》です。秋庭くんが、なにかと注目されるのは……仕方ないですよね」

「そう……かもしれません」

仕方がない。確かに、その一言には反論できない。

千翔自身が望まなくても、一部の層に経歴と名前が独り歩きしていることは、改めて聞かされなくてもわかっている。

研究発表会などを聴講《ちょうこう》する際、露骨《ろこつ》に観察するような目で見られることも多い。まるで、ここで飼育されている動植物と同じ『珍獣《ちんじゅう》』だ。

「でも、おれ……今回は研修生という名前の飼育員としてここに来たので、他の学生たちと同じように扱ってください」

「心に留めておきます。ただ、君がそう望んでも、他の子たちが素直に聞き入れてくれるかどうかはわからないけど……。まぁ、やっかみ交じりの言動が度を過ぎるようなら、上層部に伝えてください。何らかの対処をしてくれるはずです」

「…………」

きっと、彼にとっては親切心からの助言に「ハイ」とも「イイエ」とも答えず、無言で歩き続ける。

悪口を言われましたと、子供のように言いつけるなどみっともない。雑音など、無視が一番だ。

　淡々とした千翔の態度は可愛げがないもののはずで、狩野は呆れたのかそれ以上なにも言わずにリノリウムの廊下を進んだ。

　半透明のガラス扉の前で足を止めると、千翔を手招きして扉の脇に備えられている黒い操作盤を指差した。

「虹彩と指紋を登録するから、ＩＤカードを出してください」

「はい」

　千翔がＩＤカードを差し出すと、スキャナーを通して機械に認証させてコードを打ち込む。ピーと低い音に続き、女性の合成音声が流れた。

『パッドに親指を乗せ、モニターを覗いてください。瞬きをせず、中央の赤い点を見てください』

　促されるままに黒いパッドに親指を置くと、少しだけ背を屈めて中央に小さな赤い光が灯《とも》っているモニターを見詰める。

　数秒後、同じ機械音声が『アキバチカ様。登録が完了しました』と告げた。

「ここから先が、秋庭くんが今回滞在するＣエリアです。Ｃ－００１が寮や食堂のあるメイン居住区で、００５までが研究室。００６から００９には飼育ゲージがあります。

０００は動物の運動場。ゲートがあるところは、虹彩認証で行き来できますが、数字が５００番台のエリアに入るのはセキュリティコードが必要だから、用事があればインターホンを鳴らして訪問先にロックを解除してもらってください」

「……わかりました」

うなずいた千翔に、狩野は白いファイルを差し出しながら説明を続けた。

「構内図と、簡単な施設案内等の書類はここに挟んであるから目を通しておいてください。今日は移動で疲れているだろうから、夕食を取って寮の部屋で休んで、明日の朝食後にミーティングルーム０１に来てください。担当の職員から説明があります。あ、食堂の場所は」

「構内図を見て、確認します。明日の朝食後って、具体的に何時ですか？」

「九時半くらい……かな」

「くらい、って……」

明確な時間を指定されないことに戸惑うと、狩野は少し困ったような顔でとんでもない言葉を続ける。

「担当職員が誰か、っていうのにもよるけど、マイペースな人が多いですからねぇ。時間ぴったりならラッキー、くらいに思ってもらえると余計なストレスがないはずです」

「……はぁ」

千翔の困惑は増すばかりだ。世界でも有数の頭脳が集まるこの施設で、そんな適当さがまかり通っているとは……。

確かに、これまで千翔が接したことのある研究者を考えても、マイペースで一風《いっぷう》変わった人が多いとは思うけれど。

「それぞれ助手がなんとか補助しているので、まぁ……たぶん、君たち研修生に実害はないはずです。きっと」

たぶん、とか。きっと、と。

自信がなさそうな言葉に、もうなにも言えなくなってしまった。補助研究員だと自己紹介した狩野自身も、その苦労していそうな助手の一人なのだろう。

話しながら無機質な廊下を歩いていると、白衣姿の男女と何人かすれ違う。

人工島の立地が日本の領海内ということもあり、施設は日本国内のはずだ。ただ、適性能力を重視して人材が集められた施設なので、年齢も国籍もバラバラで案内表示も日本語と英語が混在している。

すれ違う人たちは、千翔に興味深そうな視線を向けても、誰も足を止めて話しかけてくることはない。

その視線が意味するものは、なんだろう。

実年齢より幼く見られがちな千翔は場違いだろうから、「いくつの子供だ？」と、訝《いぶか》しんでいるのだろうか。

それとも、噂されていたという千翔のことを知った上で、値踏《ねぶ》みしているのか……。

「一応、秋庭くんのサポート役は僕だから、なにかあれば遠慮なく連絡してください。端末を渡しておきます。＃０で通信できます。通信相手の追加は五件まで可能ですから」

「はい」

白衣のポケットから取り出した、手のひらサイズの小型通信機器を手渡される。

前時代的とも言える簡素な作りからして、この施設内だけで通信ができる必要最低限の機能のみを集約させた機器なのだろう。

「友人ができたら、メモリが足りなくなるかな」

ふ……と唇を綻《ほころ》ばせた狩野に、千翔は無表情で目をしばたたかせた。

友人？　そんなもの、最初からできるとは思っていないし望んでもいない。

「おれは、友人を作るためにここに来たわけじゃありませんから」

ニコリともせずに淡々と答えると、「まぁ、そうだろうけど」と苦笑される。

きっと、可愛げがないと心の中で眉を顰《ひそ》めているだろう。

その後は無言のまま白いドアが並ぶ廊下をしばらく歩き、一室の前で足を止めた。

「ここが、滞在中の秋庭くんの居室です。ＩＤカードでも指紋認証でも、どちらでもロックを解除できるのでお好きなほうで。一応、室内に最低限の備品は揃っているはずですけど、足りないものがあれば管理室に連絡してください。部屋に備えつけの電話に、施設内の連絡先一覧が記載されています」

「わかりました。案内、ありがとうございました」

軽く頭を下げた千翔に、狩野は微笑を浮かべてうなずく。

「……おやすみ」

短い一言を残して踵《きびす》を返し、ゆっくりと廊下を戻って行った。白衣に包まれた背中が角を曲がるまで見送ると、ドアノブのところに設置されている黒いカードリーダーにＩＤカードを翳《かざ》す。

緑色のランプが点り、カシャと低い音と共にロックが解除された。

ドアノブに手をかけて室内に入ると、センサーが人の動きを感知したのか、オートで照明が灯される。

肩にかけていたバッグを入口脇に下ろし、シューズを室内履きに履き替えてフローリングに上がった。

ユニットバスを示すドアを横目に、小型冷蔵庫や電気ポットが組み込まれた簡易《かんい》ミニキッチンを抜けると、ロフトタイプのベッドとパソコンが設置されたデスクセットがある居住空間に歩を進める。

デスクセットはロフト下のスペースに収められており、階段部分が収納になっているらしい。七畳ほどのさほど広くはない空間を、見事に有効利用している。

こうして見る限り、アカデミーや大学の寮と変わらない部屋だ。コンパクトで機能的な環境は、すぐに馴染めそうだった。

フローリングに置かれた厚みのある大きなクッションが、ソファーや敷き物の代わりなのだろう。千翔が三人くらい座れそうなサイズのクッションに腰を下ろすと、途端に身体が重くなったように感じた。

「はぁ……」

意識せず、特大のため息が漏れてしまう。

移動に要した時間は、丸半日。自覚していたより、疲労が溜まっていたようだ。

緊張……は、していないつもりでも皆無《かいむ》とは言い切れない。

膝の上に狩野から渡されたファイルを置き、硬いプラスチックのカバーを開いた。綴《と》じられている書類を一枚ずつ捲《めく》り、施設概要を頭に入れていく。

現在千翔がいるのは、Ｃ－００１。寮の端に位置する。どこに行くにしても、便利そうな場所だ。

食堂がここで……朝食後に行けと言われたミーティングルームは、こっちか。

飼育ゲージが集められているＣ－００６から００９は、渡り廊下で繋がっている奥の人工島……と。

一つずつ自分に関係ありそうな箇所を指先で辿《たど》り、瞼《まぶた》を閉じて脳内に立体の地図を構成して……構内図を暗記する。

「うん。憶えた」

これで、館内に設置された案内プレートをわざわざ確かめることなく動ける。それ以外の場所は、必要になった時にその都度《つど》憶えればいい。

そうしてひと通り必要事項を脳にインプットすると、膝の上に広げてあったファイルを閉じて白い天井を仰ぎ見た。

黒インクの書類の文字を、明確に浮かび上がらせる昼光色の照明をジッと見て、ふー……と、再び大きな息を吐く。

「特殊絶滅種研究所、か。今のところ、特に変わった雰囲気はないな。普通のラボと、ほとんど同じだ」

でも、自分はまだ施設の入り口に立ったに過ぎない。

今回の滞在予定期間は、一ヵ月。そのあいだに、『彼』に出逢うことはできるだろうか。

「そーすけ……いや、和久井《わくい》博士って呼ばないとマズいよな。ここに、いてくれたらいいけど」

目指す人物は、五年ほど前に失踪《しっそう》騒動を起こしたのを最後に、千翔では足取りを掴めなくなった。

当時、この研究所に所属していたのは確かで……今も、ここにいる可能性が高い。万が一、別のラボに移籍したとしても、誰かが行方を知っているはずだ。

そうでなければ、どこを探せばいいのか……見当もつかない。

「おれのこと、憶えているかな。忘れていても……アカデミーで逢った時のことを話したら、思い出してくれると思うけど」

彼が最後に公式に人前へ出たのは、八年も前だ。

研究発表の場で撮られた映像は、発表者より資料の記録を目的にしているということもあって彼自身の姿は不鮮明で、あまりよくわからない。

なにより、目元を覆う長い前髪とブラックフレームの分厚い眼鏡が邪魔《じゃま》になっていて……あれは、写真嫌いだという彼がわざと人相をわかりづらくするための仮面として、装着していたに違いない。

「顔も、きちんと知らないけど」

あの映像以外に千翔が知っている『和久井博士』の姿は、映りの不鮮明な小さなモノクロ写真が数点と、六歳の頃の記憶だ。

記憶力には自信があるつもりだけれど、数字や化学記号とは違って人の容姿を憶えるのは得意ではない。一度しか逢ったことのない人に髪形を変えられてしまえば、二度目の邂《かい》逅《こう》だろうと初対面に戻ってしまう。

「そーすけ……顔だけじゃなく、声もぼやけてるな」

背が高かった、と思う。けれど、六歳の子供から見れば大人というだけで皆が長身だったので、彼がどれくらいの上背《うわぜい》なのかはわからない。

耳に心地いい低い声も、今となっては『大人の男の人』として一括《ひとくく》りにされてしまうほどあやふやだ。

千翔の思い描く『和久井博士』は、長身で格好いい大人の男……まるで、無敵の映画俳優のような、理想の男性像だ。

「ふ……すっごく、美化《びか》してるかも」

彼とは六歳の交流会で逢ったきりで、翌年以降は一度も姿を見なかった。だから十二年前のやり取りは、唯一の大切な思い出だ。思い出の中で、勝手に『ヒーロー』として美化している可能性もある。

「実際に逢って違っていても、ガッカリなんてしない」

自分が勝手に美化した像から外れていたとしても、落胆《らくたん》することはないはずだけれど……と、苦笑を滲ませる。

たとえ記憶の彼とは違って、ずんぐりむっくりとしたビア樽体型でも、もし頭髪が淋しいことになっていたとしても……その人が『和久井博士』であるというだけで、千翔にとっては無敵のヒーローに違いはない。

十二年前……六歳だった自分の髪を撫でた大きな手をハッキリ憶えている。

やさしくて、心地よくて……目を閉じて頭に置かれた手の感触を思い描くと、唇に仄《ほの》かな笑みを浮かべた。

□□□

渡り廊下の先に設置されているゲートを抜けた千翔は、分厚いガラス扉の脇に提示されているプレートを確認してうなずいた。

「C－007……ここだな」

ミーティングで指示された、飼育員としての千翔の配属先に間違いないことを確認してガラス扉のロックを解除する。

「このスペースで、埃《ほこり》の除去《じょきょ》と……消毒か」

前方にはもう一つガラス扉があり、現在千翔が立っている空間は二メートル四方の消毒室になっている。

キョロ……と視線を巡らせたところで、ピッと高い音が耳に入る。

『入室を感知しました。ただ今からエアを噴射《ふんしゃ》します。両手両足を開き、目を閉じてください。噴射時間は、五秒間です。……三秒後にエアが出ます』

機械音声に従い、両腕を上げてギュッと目を閉じた。

四方八方からのエアを浴びて念入りな消毒を施し、靴を専用のものに履き替える。

今から千翔が向かう場所にいるのは、月齢《げつれい》が二ヵ月までの幼獣《ようじゅう》ばかりなのだ。

外部からのウイルスや菌《きん》を持ち込まないように細心の注意を払い、ようやく『保育室』のプレートが出ている部屋のドアをスライドさせた。

途端に、高くて細い幼獣の鳴き声が耳に飛び込んでくる。

「失礼します。……秋庭千翔です」

そろりと顔を覗かせて名乗った千翔を、こちらに背を向けていた白衣姿の女性が振り返った。

「ああ、飼育員の学生さんね。いらっしゃい。人手不足で大変だったの。歓迎します!」

早口でそう言った女性の手元に、千翔の視線が釘付けになる。

右手には、白いミルクらしき液体の入った哺乳瓶《ほにゅうびん》。左手には……薄茶色の体毛に覆われた、ネコ科の幼獣。

ピーピーと威勢のいい声を上げて……ミルクを要求しているのだろうか。

「秋庭くんだっけ。さっそくだけど、この子と入れ替わりにそっちの保育ケースにいる子を連れて来てくれる?」

「はっ、はい」

挨拶もそこそこに、ズイッと目の前に獣を差し出される。恐る恐る両手で受け取り、そっち……と視線で指された保育ケースに向かった。

透明なケースは、横五十センチ奥行三十センチといったところだろうか。跳ね上げ式の蓋《ふた》が開かれていて、真ん中にいる幼獣がミャアミャアと声高に鳴いている。

両手に乗せていた獣をその中にそっと置き、同じ色合いの毛をした子猫？　をジッと見詰める。

連れて来い……と言われたからには、コレを持ち上げる……んだよな？

「秋庭くんっ、まだ？　ミルクが冷めちゃう」

「あ、はい、今すぐ」

急《せ》かされた千翔は、えいっとばかりに両手を差し伸べて左右の手の中に小さな獣を包み込んだ。

「ッ……」

手のひらから伝わってくるぬくもりと綿毛《わたげ》のような感触に、心臓がドキドキと鼓動を速める。

ゆっくり持ち上げたと同時に、手の中の幼獣がジタバタと動いた。

「ひゃ！」

反射的に声を漏らしそうになり、慌てて奥歯を噛み締める。

こんなふうに動くなんて、『幼獣飼育』のテキストには書かれていなかった！

持ち方は事前に予習したとおりで、間違えていないはずなのに……生まれてさほど経っていない幼獣は、こんなふうに動くものなのか？

頼りない重みは、少し力加減を間違えただけで壊してしまいそうに儚《はかな》くて……怖い。

慎重に両手で包み直し、踵を返して急ぎ足で彼女の元へ戻った。

「連れてきましたっ」

「あ、そのまま持ってて。えーと……今回のミルクの量は……」

アナログな記録方法を取っているらしく、哺乳瓶を手にした彼女はびっしりと数字が並ぶ紙に視線を落とす。

千翔は必死の形相《ぎょうそう》のはずだが、顔を上げない彼女は確実に気がついていない。左手に哺乳瓶、右手にペンを持ったまま用紙に向かっている。

「ッ……すみません。コレ、受け取ってもらえると、ありがたい……です」

すぐに引き取ってもらえると思っていたのに、まさかの事態だ。手に力を込めることも抜くこともできず、筋肉が強張り……両手が震えてきた。

悲痛な声で訴えると、彼女はようやく顔を上げて千翔に目を移す。

「えっ？」

短く驚きを示す声を上げた女性は、隠しようのない千翔の手の震えを見て取ったらしく、なにも言わずに小さな獣を引き取ってくれる。

ふわふわとしたやわらかな、頼りないぬくもりが手の中から去り……ようやく安堵《あんど》の息をついた。

「秋庭くん、今回は予備研究生じゃなくて学生アルバイトの飼育員として来た……という認識で、いいんだよね？」

「……はい」

千翔が小さく首を上下させると、それ以上なにも言わずに小さな獣にミルクを与える。

それが終わると、幼獣を保育ケースに戻して開けていた蓋を閉めた。

そのあいだ千翔は、なにをするでもなく……一言もしゃべることもできず、一連の作業を突っ立って見ているしかできなかった。

作業を終えた彼女はデスクに戻り、記録紙になにかを記入して……千翔に向き直った。

なにを言われるのか、反射的に身構えた千翔に右手を差し出してくる。

「挨拶が遅れて失礼。改めて、初めまして。このC－007保育ケージの管理責任者、高《たか》梁《はし》麻《ま》衣《い》子《こ》です」

「あ……秋庭千翔です。……すみません」

握手に応えながら役に立たなかったことを謝ると、不意に右手をギュッと握られて強く引かれた。

高梁は女性にしては長身で、百七十センチちょうどの千翔とほとんど視線の位置が同じだ。

「そのスミマセンは、なにに対してかな」

三十センチほどの距離で、ジッと視線を絡ませながら尋ねられる。

咄嗟に言葉が出てこない。管理責任者というには若い……三十歳前後だと思うが、威圧感さえ感じる迫力だ。

これまで千翔の周りにはいなかったタイプの女性で、どう言い返せばいいのか惑う。

「きちんとできなくて……。おれ、僕……私、実は本物の獣と接したことが、ほとんどないんです」

ようやく口に出すことができたのは、言い訳じみた台詞《せりふ》で……きちんとした答えになっていないもどかしさに、言葉を切って唇を噛む。

なにより、『できない』と。どんなものに対してでも、自分から口にするのは悔しかった。

「そんなに畏《かしこ》まらなくてもいいよ。普段の一人称は、おれ？　それで結構。秋庭くん、慣れていないだけで動物が嫌いなわけじゃない……って思っていい？」

「は、はい。それはもちろん」

迷わず即答《そくとう》してうなずくと、目から鋭い光が消えた。握っていた千翔の右手を離して足を引き、少し距離を置いてふっと笑みを浮かべる。

「じゃ、これから慣れてもらうから問題なし。初めて獣と接するのに、最初から完璧にできるほうが不思議だわ。あとは……他の研究員とアルバイトに紹介したいけど、運動場に生後二ヵ月の子を連れ出しているんだ。戻って来てからでいいかな。それまでのあいだに、簡単な説明をしておく」

「お願いします」

真剣な顔で頭を下げると、高梁は、

「あら、可愛い。秋庭千翔くん……予想より、ずっと素直」

と言いながら、笑みを深くした。

ずいぶんと無遠慮な物言いをするが、こうしてオープンにしてくれる人のほうが好感を持てる。

この人が責任者でよかったと、肩の力を少しだけ抜いた。

「どんな予想？　って聞かないんだ？」

「だいたい……想像がつきます」

イタズラっぽく尋ねられて、無表情でポツポツと言い返した。

プライドが高くて、無愛想で可愛げがなくて、人に教えを請うのを厭《いと》う……といったあたりだろうか。

他者より優れているのだと、間違った選民意識を持つアカデミー出身者には、珍しくないタイプだ。知らないことを恥とするあまり、八つ当たり気味に他人からの教えを拒絶する人間もいる。

子供の頃から、ギフテッドとしてなにかと特別扱いされるので、ある意味では仕方がない部分もある。

けれど千翔は、わからないことを隠して知ったふうに装い、後で必死に調べるよりも、その場で識者《しきしゃ》に教授してもらって即座に知識を増やすことのほうが、ずっと有意義《ゆういぎ》だと思っている。

くだらないプライドに邪魔をされて、せっかくの知識を得る機会を逃すなど、愚《おろ》かでしかない。隠れてコソコソ調べ物をするなど、時間の無駄遣いだ。

そこまで口にすると、高梁は声を上げて笑った。

「あっはっは、いいね秋庭くん。大人しそうなのに、気が強い。君みたいなタイプは好きだわ。本物の、プライドと向上心を持っている。じゃ、知識を増やすお手伝いをしましょう。座って」

飼育ケースの前に二つ並んだ簡素な丸椅子《まるいす》を指差されて、コクンとうなずく。

千翔が腰を下ろしたのに続いて、高梁が座り……チラリと横目で保育ケースを見遣った。

つい先ほどまで威勢よく鳴いていた子猫たちは、満腹になったからか、大人しく眠っているようだ。

「じゃ、基本の基本からね。ここで飼育しているのは、主にネコ科動物です。復活絶滅種じゃなくて、絶滅危惧《EN》種を中心に繁殖飼育しています。今は、生後二週間のスナドリネコが二匹と、一ヵ月の子が五匹。二ヵ月のスペインオオヤマネコが三匹。出産ラッシュだから、これから一ヵ月くらいでどんどん増える予定です。だから、君たち学生に飼育員として来てもらったの。ひと通り注意点は聞いていると思うから、重複《ちょうふく》するかもしれないけど……復習だと思って、おつき合いください」

「……はい」

千翔は神妙《しんみょう》に首を上下させて、耳に神経を集中させる。膝の上で両手を握ると、一言も聞き洩《も》らさないようにジッと高粱を見据《みす》えた。

短期アルバイトとしてここにいる千翔は、正式な研究員ではない。立ち入ることのできないエリアも多く、貴重な資料等を閲覧《えつらん》することもできないので、二十三時まで解放されているオープンライブラリーのみの利用しか許されていない。

チラリと時刻を確認して、あと十五分ほどはいられるか……と目の前のモニターに視線を戻す。

「あれ、秋庭だ。まだいたんだな」

「夕食後からずっと……五時間くらいいるんじゃないのか？　さすが、秋庭千翔サマ。自由時間まで、お勉強熱心だねぇ」

千翔が使っているブースの後ろを通りかかったらしい二人組の男が、笑みを含んだ声でそんな会話を交わす。

不躾《ぶしつけ》に名前を出された千翔は、反論はもちろん、振り向きもせずに雑音をシャットアウトした。

千翔が他人に無意味に絡まれることは、珍しくない。

努力で手にすることのできない、天賦《てんぷ》の才とも言うべきものを生まれながらに持っている存在は、一部の人間の嫉妬心《しっとしん》を無用に掻き立てるらしく……アカデミーで学んでいた時も、姑息《こそく》な嫌がらせは日常茶飯事《にちじょうさはんじ》だった。

本を一度読んだだけで内容を暗記することも、機械を分解しながら構造を憶え、小さなネジ一つ間違えることなく組み立て直すことも……千翔にとっては当たり前のことなので、幼い頃は睨《にら》みつけられる意味がわからなくて戸惑っていた。本を破られたり、パソコンを水槽《すいそう》に投げ込まれたりして、泣いたこともある。

アカデミーの教授たちからは、『人の顔色を窺う必要はない。無視しろ』と言い含められて、周囲から隔絶《かくぜつ》した空間に身を置くよう努めた結果、今ではほぼ完全に他人を遮蔽《しゃへい》することができる。

「チッ、まぁた無視か。つまんねーの」

「天才サマは、凡人の相手をする時間ももったいないないんだろ」

千翔が歯牙《しが》にもかけないせいか、あっさり引き下がった二人の気配がなくなってから……数十秒。

今度は、別の男の声が背中越しに聞こえてくる。

「確かに、面白味《おもしろみ》が皆無な嫌味を言うしか能がない人間の相手をする時間は、もったいないよね」

「…………」

飄々《ひょうひょう》とした響きのそれが狩野の声だとわかったから、今度はゆっくりと振り返った。

目が合った千翔に、小さく笑いかけてくる。

「嫌味じゃなく、本当に熱心だね。なにを調べてるの？　って、聞いてもいい？」

「……構いませんが。狩野さん、和久井蒼甫《そうすけ》博士を知ってますか」

この研究所にいる人間が、知らないわけがない。そうわかっていながら、敢《あ》えて疑問形で口にする。

狩野は、「もちろん」と短く答えて、首を傾げた。

「和久井博士が？」

「今、どこでなにをされているか……わかりませんか。データを閲覧しても、五年前で途絶えているんです。その先が空白で……」

和久井博士が、八歳からの十年を過ごしたというアカデミーの関係者でさえ、動向を把《は》握《あく》していないようで……誰に聞いても、首を横に振られるばかりだった。

では、近年まで彼が属していたここならば、と期待したけれど外部で調べるのと変わらない情報しか入手できなかった。

完全な八方塞《はっぽうふさ》がりになっている。

まるで、五年前を最後に存在しない人のような扱いなのだ。実《まこと》しやかに噂されていた『死亡説』も眉唾物《まゆつばもの》ではないのか？　と、不安になるほど……。

緩く首を振って、縁起《えんぎ》でもない『死亡説』を頭から追い出した千翔は、狩野をジッと見詰めて答えを待つ。

「和久井博士、か。色々言われているけど、五年前に表舞台から雲隠《くもがく》れしてからのことは僕も知らないんだ。もっと、上の人だとなにかわかるかもしれないけど」

「そう……ですか。ありがとうございます」

かすかな期待が、落胆に変わる。

顔か声に出てしまっていたのか、狩野は笑みを深くして言葉を続けた。いつも淡々としている千翔が、わかりやすく表情に出すことが珍しいせいだろう。

「なに、和久井博士に興味がある？　って、志願《しがん》してここに来るなら当然か。わずか二十五歳で、机上《きじょう》の理論だった類似種族間のＤＮＡ互換システムの構成を成功させた、伝説の研究者だもんなぁ。研究分野の垣根を越えて、博士を崇拝《すうはい》する人間は世界中にいる」

興味、か。

彼には、そんな一言では言い表せない個人的な思い入れがあるのだけれど、狩野に詳しく語る気はない。

「博士は……目標です」

意識してポーカーフェイスを繕《つくろ》い、コクリとうなずくと、狩野はそれ以上追及してこなかった。

二人ともが口を噤《つぐ》み、シンと静かになったところで、ライブラリーの閉館を知らせるオルゴール音楽が流れる。

「あ、閉館だ。邪魔してごめん。……他の学生の嫌がらせがヒートアップするようなら、一度上層部に報告をして」

「いえっ、別に支障はありませんから大丈夫です」

他者からの嫌味など、慣れきっている。十三歳で修士課程、十六歳で博士課程を修了した千翔を珍獣扱いして排斥《はいせき》しようとしたり、逆に露骨に遜《へりくだ》って取り入ろうとしたり……他人はなにかと煩《わずら》わしい。

面倒に巻き込まれたくなければ、無視するのが一番いい。

いくつか渡り歩いた大学はどこにでも一定数の厄介《やっかい》な人間がいたけれど、この研究所はそう言う意味では平和だ。

先ほどのように千翔に絡もうとする人間は、同じように飼育員としてここに滞在している学生アルバイトくらいで、他の研究員たちは適度な距離を保ってくれている。それぞれの目標が明確にあるので、他人になど構っていられないのだろう。

「それならいいけど。あまり根を詰めないようにね。おやすみ」

「おやすみなさい」

手を振る狩野に会釈《えしゃく》を返して見送ると、操作していたパソコンの電源を落とした。三方を囲まれたブースを出て、ライブラリーの出口ゲートをくぐる。

雑音など気にしていないけれど、マイナスの感情をぶつけられると気分がいいわけではない。

ざわざわと、不快な空気が身体中に纏わりついているみたいだ。

このまま寮の自室に戻っても寝られそうになくて、どこかで気分転換をしようと足元に視線を落とす。

この時間でも、正式な所属研究員ではない千翔が出入りすることのできる場所は……。

「運動場、かな」

思いついた場所は、広大な敷地面積の運動場だった。温度管理が完璧に行き届いたドーム状の運動場は、いくつかのエリアに区切られている。

巨大な岩を設置して荒々しい高山を模していたり、密林の如《ごと》く樹木が茂《しげ》っていたり、人工的に雪を降らせて雪原地帯を再現していたり……草や乾燥した砂と小石を敷き詰めた、サバンナの様相《ようそう》だったり。

ここで飼育している動物たちのため、元来《がんらい》の生息環境を可能な限り再現できるよう、適切な空間が整えられているのだ。

「ジャングルがいいか」

たっぷりの木々、植物に囲まれた密林エリアで、森林浴をしよう。そう決めて、運動場へと繋がる連絡廊下を歩く。

虹彩認証で目的のゲートのロックを解き、深い緑に囲まれた運動場に歩を進めた。

深夜なので視界は暗いが、ドームの天井にある照明機器は満月の光を再現した淡い光を放っている。

そのおかげで完全な暗闇とはなっておらず、足元の安全を確かめることが可能だった。

草を踏みしめながらゲートから五メートルほど奥に入り、太い幹を持つ大木の根元を選んで腰を下ろす。

幹に背中をもたせかけて、大きなため息をついた。

「……はぁ」

密林を選んで正解だった。設定された湿度は高くて蒸し暑いけれど、植物が浄化した空気は心地いい。

人工島のドーム内で人間の手によって造られた密林は、環境保護団体曰《いわ》く『偽物』だ。それでも、土に根を張り、光合成を行っている植物たちは確かに生きている。

本物の密林は、二〇五〇年からの半世紀ほどで加速度をつけて減少している。国際的に取り決められた保護区にわずかに残るのみで、千翔は映像でしか見たことがない。あと二百年も経てば、古来の密林は地球上から消滅するだろうと言われている。

当然ながら、そこに生息する動植物も減少の一途《いっと》を辿っており……人間が保護することで、なんとか一定数を保持しているのが現状だ。

数百年後の地球に残るのは、植林や遺伝子組み換えによって環境の変化に適応できるよう人間が手を加えた、新生植物の森と……逞《たくま》しく生き延びた、生命力の強いごくわずかな種の動物たちだけかもしれない。

「絶滅種、か」

両手のひらを見下ろして、唇を噛む。

学生アルバイトの飼育員としてここに来て、今日で五日。千翔が飼育を担当しているのは、絶滅危惧種のネコ科動物たちだ。

標《ひょう》本《ほん》や映像で学習するのとは違い、生きて……ぬくもりのある獣は、この手のひらに収まる小ささなのに不思議なくらい生命力に満ちている。

慣れない獣たちとの触れ合いには四苦八苦《しくはっく》していて、爪《つめ》で引っ掻かれては硬直し、指先を舐《な》められては悲鳴を上げる。

そうして千翔が情けない姿を晒《さら》すたびに、責任者の高梁は笑っているが……補助研究員や他のアルバイト飼育員は、「しっかりしろよ。コネでバイト採用されたのかもしれないけど、特別扱いはしねーぞ」と忌々《いまいま》しそうな目で睨みつけてくる。

「まぁ……当然か。ほとんど役立たずだもんな」

これまで千翔は、劣等感《れっとうかん》など持ったことはない。

学習は打ち込めば打ち込むほど成果が出るものだし、音楽や美術などの感性に関わる情操教養は千翔には不要だろうと、遠ざけられていた。楽器演奏や図画工作などの、やってもできないだろうことはしたことがないのだ。

生きている動物は……計算通りに動いてくれない。ミルクを飲んでくれなかったり、体重計測用のトレイから飛び降りて走り回ったり。

授乳時間などを記した高梁が作製したタイムテーブルも、ほとんどが無意味なものになっている。

「傲慢《ごうまん》……だったんだろうな」

全能感《ぜんのうかん》に浸っていたつもりはなかったけれど、自分のペースを崩されるのは初めてで戸惑うばかりだ。

それも、生後数週間の子猫が相手では、怒ることもできない。

この研究所の入所には、二十歳以上という年齢制限がある。色んなところで特例を適用されている千翔も、ここの規則には従わなければならなくて……正式に所属するには、あと二年が必要だ。

今回は、『学生アルバイト』として公募されていた飼育員としてやって来たのだけれど、いずれは研究員として戻ってこようという自信が萎《しぼ》んでしまいそうだ。

役立たずという嫌味も受け入れるしかなく、こんなふうに人知れず落ち込むことも初めてだった。

期待していた『和久井博士』の情報を欠片《かけら》さえ得られないこともあり、この研究所になにをしに来たのかわからなくなりそうだ。

抱えた膝に額を押しつけて吐息をつくと、ガサガサと草を揺らすような音が耳に入る。

「……？」

空気循環装置からの送風による音にしては、ずいぶんと大きい……？

不審に思って顔を上げた千翔は、息を詰めて耳を澄ませた。

やっぱり……聞こえる。ガサガサと、草や木の葉を揺らす音だ。少しずつこちらに近づいてきて……。

千翔の目前、一メートルも離れていない場所の草の葉が大きく揺れた直後、真っ黒な影と見紛《みまが》う巨大なものが姿を現した。

これは……なんだ？

真っ黒で、巨大な……猛獣《もうじゅう》？

「っ、うわぁぁ！」

その黒いものの正体がナニか、惚《ほう》けていた頭が理解した瞬間、悲鳴を上げて全身を強張らせた。

いや、自分では叫んだつもりだったけれど、実際はほとんど声になっていない。喉から空気が漏れるような、頼りなく掠《かす》れた吐息が唇から零れ落ちただけだ。

「ん？　どうした。なにか……」

低い男の声……まさか、巨大な獣が人の言葉を話したのかと目を剥く。が、当然そんなわけはなく、千翔の視界に太い鎖《くさり》を手にした長身の姿が映った。

男が握っている鎖の端は……獣の首に装着された、しっかりとした革製らしき首輪に繋がっていた。

まるで、犬を散歩させているようなスタイルだが、繋がれているのは紛れもなく猛獣だ。鋭い目で、ジッと千翔の動向を窺っている。

「ああ……人がいたのか。こんな時間に……おい、ここでなにをしてる？　おーい？」

それが自分に対する呼びかけだとはわかっていても、返事ができない。ただひたすら、目の前の黒い獣に視線が釘付けになっている。

夜闇に溶け込むかのような、漆黒《しっこく》の体毛に包まれた巨体は、千翔よりも大きい。頭の上にある三角形の耳、長い尻尾……すべてが闇色だ。

コレはなんだろう。種はわからないが、ネコ科の大型猛獣であることは間違いない。

映像で目にしたのなら美しい獣だと感嘆《かんたん》の息をつくだろうけど、目の前に立ち塞がられている現状では慄《おのの》くしかない。

視線を逸らしたら襲いかかられるのでは……という恐怖に駆られ、彫像になったかのように身動《みじろ》ぎ一つできなかった。

「チッ、おまえにビビってるんだろうな。怖くないって知らせてやれ」

まるで人の言葉を解《かい》しているかのように男が話しかけると、黒い獣はゆったりとした動きでその場に座り込んだ。

襲いかかったりしないと、態度で示しているみたいで……猛獣に対する恐れよりも、不思議な気分が勝る。

「心配しなくても、コイツは生まれた時から人の手で育てられているし、特殊な電磁波で脳波をコントロールするマイクロチップを埋め込んであるから、凶暴性はない。人間を襲う可能性は、一パーセント以下だ。それも、自己防衛のための反撃だろうから、敵意を向けなければ無害だ」

「は……あ」

理路整然《りろせいぜん》とした説明に、強張っていた肩からほんの少し力が抜ける。

千翔が詰めていた息を細く吐いた直後、タイミングを見計らっていたかのように、男の声がイタズラっぽい調子でつぶやいた。

「……ま、一パーセント以下ってことはゼロじゃないけどな」

「ッ、脅《おど》すなよっ」

「ははは、ようやく声が出たか。で、夜中にここでなにをしている？　中学生の社会科見学の予定は、聞いてないが」

露骨に子供扱いする台詞にカチンとして、千翔は鋭い目で男を睨み上げながら両手を握り締めた。

「おれは、中学生じゃありません。十八歳です」

「へぇ……まぁ、大して変わらんが。で、その未成年がどうしてここにいる？　ここの研究員の条件は、二十歳以上だろ」

「学生アルバイトです。飼育員の……」

声のトーンを少し落として、未成年者である自分がここにいる理由を語る。不法侵入者を見るような目で、観察されるのはごめんだ。

「ああ、なるほど。子守りバイトか。出産ラッシュだもんな」

飼育員だと言ったのに、わざわざ子守りかと言い換えられる。

アルバイト学生だと軽んじているのか？　と唇を噛んだけれど、男はそれ以上なにを言うでもなくて、発言に他意《たい》はなさそうだった。

どうやら、単に言葉選びが巧みではないというか……口が悪いだけのようだ。そして、初対面の相手にも遠慮がない。

「そのバイトが、ここでなにやってんだ？　ホームシックでメソメソしてたのを、邪魔したか？」

「違いますっ。……一人反省会。放っておいてください」

一人にしておいてくれと、唇を引き結んで顔を背《そむ》ける。

露骨に拒絶を表したのだ。可愛げがない態度に眉を顰めて、立ち去る……と思っていたのに、男は千翔が予想していなかった行動に出た。

「よいせっと」

低いつぶやきに続いて、右隣に……腰を下ろした？

想定外の事態にギョッとした千翔は、無視していられなくなってしまい、背けていた顔を男に向ける。

「な、なに……」

こんなふうに、見知らぬ人に隣に座られることなど普段だとありえない。少し腕を動かしただけで触れてしまいそうな距離の近さに、心臓の鼓動が速くなる。

戸惑う千翔をよそに、男は親しい友人にでも話しかけるように、気負いの欠片もなく口を開いた。

「コイツが動かないからな。さすがに、八十キロのヤツを無理やり担《かつ》ぎ上げることはできん。動く気になるまで、気長につき合うしかない」

コイツ、と指差された黒い獣は、確かに座り込んだまま動こうとしない。男が握っている鎖を揺らしても、そのままの体勢で千翔を見ている。

世間的には珍しい大型獣のはずなのに、まるで千翔のほうが珍獣で……観察されているみたいだ。

間近にいる巨大な猛獣が怖くないわけではないが、男が語ったように凶暴性はなさそうで唸《うな》り声一つ上げない。

チラチラと獣の様子を窺いながら、ポツリと口を開いた。

「……豹《ひょう》？」

耳や顔の形……骨格。尻尾の長さは、一メートルはあるだろう。

こうして見る限り、身体的な特徴は豹だと思う。ただ、豹の証とも言える斑紋《はんもん》は見当たらない。

疑問形でつぶやいた千翔に、隣に座り込んでいる男が答えた。

「ああ、アムールヒョウの黒変種《こくへんしゅ》だ。真っ黒に見えるだろうが、赤外線を照射したら綺麗《きれい》な斑紋が浮かび上がる」

劣性遺伝による、突然変異か。

さすが、大型の猛獣だ。いつも千翔が世話をしている、小型の猫たちとは種目は同じでもオーラが違う。

近くにいるだけで、息苦しいような威圧感が伝わってくる。

「触ってみるか？」

「冗談っ！」

突然の一言に、慌てて首を横に振ってジリッと身体を遠ざける。

触る？　そんな怖いこと、無理だ。子猫でさえ、ようやく慣れてきたところなのに……。

千翔の慄きようがおかしかったのか、男は無遠慮に「あははははっ」と笑い声を上げた。

笑われた千翔は、ムッとして隣を睨みつけた。

「悪趣味なからかい方、しないでください」

夜の密林を模した運動場は薄暗いけれど、すぐ隣にいるので表情を窺うことはできる。

年齢は……たぶん、三十代前半。無造作《むぞうさ》に掻き上げただけらしい前髪が、頭を揺らすと目元に落ちてくる。

日本語のイントネーションに不自然なところはないし、整ってはいるけれど特筆《とくひつ》して彫が深くはない顔立ちから推測しても、日本人だろう。

民族的に骨格が小振りなことの多い東洋人にしては、ずいぶんと恵まれた体格をしているようで……しっかりとした肩幅や胸元の厚みが、衣服越しにでもわかる。半袖のシャツから覗く二の腕も、綺麗な筋肉に覆われていた。

痩身《そうしん》で童顔の千翔から見れば、大人の男として成熟した体躯《たいく》が羨《うらや》ましくもあり……憎たらしくもある。この男のような外見なら、露骨な嫌がらせや嫌味を向けられることも少しは減るはずだ。

「怖い声を出すなよ、学生バイト。飼育員なら、チビばっかり相手にできねーぞ。コイツみたいなものも、世話しないといけないんだ。怖いから近づけません、なんて言ったら尻を蹴られるぞ」

クッと肩を震わせた男は、世話をする対象を選《え》り好みするなと言外に咎《とが》めてくる。

眉を顰めた千翔は、飼育員なら、という部分に反論を試みた。

「おれは、今……ベビーラッシュ期間だけの臨時バイトだから。正式な飼育員には、たぶんならない。蹴るとか……そんな乱暴なこと、ここの人はしないでしょう」

「さぁな。蹴ったり蹴られたり、したことないか？　バイトでここに採用される学生ってことは、エリートくんか。取っ組み合いのケンカの経験もないなんて、お上品だな」

ふんと鼻で笑われて、いつになく苛立《いらだ》ちが湧いた。

エリートだとか天才だとか言われて、特別視されることには慣れているつもりだ。皮肉《ひにく》な声音《こわね》のこともあるし、純粋な称賛を向けられることもある。

でも、この男の言葉から感じるのは……それら、どれでもない。

これは、そう……『世間知らずな子供扱い』だ。

「学生バイトとか、エリートとか……変な呼び方、しないでください」

「ああ？　そいつは悪かった。でも、俺は学生バイトの名前を知らないからな」

「あ……」

それもそうか。互いに、名乗っていない。

フルネームを名乗れば、『あの秋庭千翔か』と、態度を変えられるかもしれない。

自意識過剰ではなく、自分の名前がアカデミー出身者など、一部の人たちのあいだで独り歩きしていることは知っている。この研究所でも、「あの秋庭千翔が来る」と噂されていたことを聞かされた。

この男も、『秋庭千翔』を知っているかもしれない。名乗った途端に、態度を変えられるのは嫌だ。

でも、咄嗟に偽名を名乗ろうなどとは考えつかなくて、迷いを残しつつ口を開いた。

「千翔、です。千に……翔《かけ》る、って字で」

苦し紛れにファーストネームを名乗り、そろりと男の横顔を見遣る。

端整な横顔に浮かぶのは、「もしかして、コレが秋庭千翔か？」という驚愕や、「こんな子供だったのか」という意外さを表すものではなく……かすかな笑みだった。

「ふーん、いい名前だな」

そんな一言が耳に入った瞬間、無意識に詰めていた息をそっと吐く。

幸いなことに、どうやらこの男の中では、隣で膝を抱えている学生バイトの『千翔』と天才『秋庭千翔』が結びつかなかったらしい。

「俺は、蒼甫っていうんだ。字は……こう」

そう言いながら自然な仕草《しぐさ》で千翔の手を取り、右手のひらに指を滑らせる。手のひらに書かれた「蒼甫」という字に、トクンと心臓が反応した。

「そーすけ……」

同じ名前の探し人を思い浮かべながら、小さく零す。つぶやきが耳に入ったのか、蒼甫と名乗った男が「ああ」と笑った。

「なんだ、同じ名前の人間を知ってるか？　俺らの世代には多い名前だからな。三十三年前、塚瀬《つかせ》宗助《そうすけ》っていう天文学者が、友人の科学者……渡辺《わたなべ》聡介《そうすけ》と共同で、銀河系と酷似《こくじ》した多元宇宙仮説の証明を試みた。反証可能性ってヤツに阻《はば》まれて、夢物語の仮説……ってことでオチがついたんだがな。世界中から注目されて、一時は宇宙物理学の革命とまで言われた。二人ともが偶然にソウスケだったせいで、子供に同じ名前をつける親が続出したんだよな。死ぬほど名前被りして、こっちはいい迷惑だ」

苦々しい口調で彼が語ったことは、千翔も知らないわけではない。

生まれる前のことだったけれど、二人の学者は宇宙物理に一石《いっせき》を投じた偉大な研究者だ。高齢になった現在も現役の研究者で、当時の理論の証明をするべく共同研究が続けられている。

この男も、現在三十三歳になっているはずの和久井博士も確かに同世代で、三十三年前に一世《いっせい》を風靡《ふうび》した『ソウスケブーム』に否応《いやおう》なく乗せられたらしい。

「確かに、ちょっと迷惑……かも」

名前に流行《りゅうこう》があるのは、いつの時代でも言えることだ。偉人やスターにあやかろうと、我が子に期待をかける親心を思えば仕方がない部分もある。

でも、自分と同じ名前の人がゴロゴロしているのは、少しだけ厄介かもしれない。名字が平凡なものだったら、フルネーム被りでなにかと不便そうだ。

「だろ。千翔はあまり被らなさそうで、ちょっと羨ましいぞ。なんとなく似合ってるしな。俺なんて、せっかくの偉大な名前が嘆《なげ》かわしい……なんて、名前負けしてるみたいに言われたりするからなぁ」

ふっと笑って口にした蒼甫は、後半はぼやき混じりの低いトーンでつぶやく。

千翔は、無言で目をしばたたかせた。

名前が羨ましいなんて言われたのは、初めてだ。

チカという音が女の子みたいだとからかわれたり、『秋庭千翔』と商標《しょうひょう》のように呼ばれたり……似合ってるなんて、誰からも言われたことがなかった。

この蒼甫は、千翔が『秋庭千翔』だと知らないから？　それなら……このまま、ただの『千翔』でいたほうがいい。

物心ついてすぐの頃から自分の周りにあり、すっかり慣れているつもりの『秋庭千翔』のフィルターは、時々すごく息苦しく感じる。

「おっ、ようやく動く気になったか」

自分たちの会話が一区切りつくタイミングを計ったかのように、のそりと黒い獣が立ち上がる。

一瞬、ビクッと身構えた千翔をチラリと目にして顔を背けた。まるで、取るに足らない相手だと言われているみたいだ。

「寝床《ねどこ》に帰るか？」

まるで、言葉が通じるかのように獣に話しかけながら、蒼甫も腰を上げる。太い鎖を握り直し……草の上に座り込んだままの千翔を、見下ろしてきた。

少しだけ背を屈めたことで、蒼甫が首からコードで下げているＩＤカードケースが、千翔の目の前で揺れる。

暗いので、ハッキリと見えない。ただ、自分たちのような短期滞在者に貸与される簡易カードではなく、正規の研究所員を示すカードであることだけはわかった。

「夜更かしは、脳みそにも美容にもよくないぞ。寝る子は育つって言葉もあるだろ。中学生に間違えられるのが不満なら、睡眠時間を削ってまでお勉強せずにしっかり寝ろよ」

「っ……そんなに小さくない！」

膝を抱えて身を丸め、座り込んでいるところしか見ていないから、やたらと小さいように思われているのだ。

童顔は……どうにもならないけど、十八歳の男の平均に迫るくらいは上背があるぞと、勢いよく蒼甫の隣に立った。

蒼甫は、「ほら」と胸を張った千翔を見下ろして、

「……ちっちぇ」

そんな、失礼極まりない一言を口にする。

「っ！」

カッと顔が熱くなったけれど、小さくない！　と重ねて反論することはできなかった。並んで座っていた時も、確かに肩の高さは違っていた。身体つきも、自分とは比べようもなく大人の男のものだと予想できていた。

でも、背丈《せたけ》までは読めなくて……隣に立つとわかったことだが、蒼甫は百七十センチに数ミリ足りない千翔より十三、四センチは高い位置に頭がある。

これでは、確かに……小さいと言われても仕方がない。

「う……」

グッと文句を呑み込んだ千翔は、きっと苦虫を噛み潰したような顔になっている。

千翔を見下ろしている蒼甫は唇の端をほんの少し吊り上げて、大きな手でグシャグシャと髪を撫で回してきた。

「心配しなくても、まだまだ成長過程だろ。二十歳を超えても育つぞ」

「だから、子供じゃない……って」

嫌がって見せて身体を逃がしたけれど、心臓がトクトクと鼓動を速めていた。

躊躇《ためら》いなく千翔の髪を撫でてきた大きな手が、子供の頃同じように触れてきた『そーすけ』のものと、なんとなく重なったせいかもしれない。

あの『そーすけ』は、生真面目そうな外見だったし高名な研究者だ。どこか軽く粗暴《そぼう》な雰囲気で、言葉遣いも大人らしいとは言えないこの『蒼甫』とは、名前が同じなだけで他はなにもかも違うのに……どうして、手が似ているなどと感じるのだろう。

「はは、悪い。拗《す》ねた顔がカワイーから、つい」

「カワイ……くないし」

拗ねた顔だと？

蒼甫が、これまで誰にも言われたことのないことばかり口にするせいで、身に染みついているはずのポーカーフェイスを繕っていられなくなるのだ。

この人の前にいると、これまでの自分を簡単に崩されそうで怖い。

血が通っていないように冷淡《れいたん》だと陰口を叩かれる、『秋庭千翔』でいられなくなりそうだ。感情を波立たせても、プラスになることなどないのに……。

頭に置かれていた大きな手を払い落とすと、

「育つために寝る」

わざと蒼甫の言葉を引用してそう言い残し、ゲートに向かった。

こんなふうにペースを乱されるなど、屈辱《くつじょく》だ。相手が子猫たちなら、可愛いから仕方がないと嘆息して流せるけれど、間違っても可愛いなんて言えない大男に振り回されているなんて……認めたくない。

「あ、おい。千翔」

低い声に、馴れ馴れしく名前を呼ばれる。無視することもできたのに、千翔は自然と足を止めていた。

なにかと思えば、

「夜はたいてい、ここで夜行性のヤツを散歩させてる」

また来いと、続けるでもなく……誘いとも言えない言葉を投げかけてくる。どんな顔でそんなことを言っているのか、声から推測することはできない。

だから千翔は、どう答えればいいのかわからなくて、振り向きもせず無言でゲートを抜けた。

無視して逃げ出すような、可愛げがない態度だと自分でも思う。きちんと挨拶を返すことさえ、できなかった。

蒼甫は、なにもかもこれまで千翔の周りにいた大人たちと違う。そのせいで……どうすればいいのか、わからない。

次にどんな言葉が飛び出すのか、一切予想がつかなくて怖い。

でも……千翔の顔色を窺って、機嫌を取ろうなどと少しも考えていないのだろう。無遠慮に触れてきた大きな手は、ただあたたかかった。

「そーすけ……って名前の人は、変な人ばかりなのかも」

子供の頃、アカデミーの交流会で一人ぽつんと立っていた千翔に話しかけてきた『和久井博士』も、変わった大人だった。

人けのない連絡通路を早足で歩きながら、奇妙に鼓動を速くする心臓の上に手を置いて……もう一度、「変なの」とつぶやいた。

ペースを乱されて悔しいのに、不快で……二度とあの男に逢いたくないなどと、拒絶していない自分がいる。

他人のことに気を取られるなど、思考力の無駄遣いなのに、頭から追い出せない。

「夜、あそこに行ったらいる……のか」

だから？

誘いとも言えない、からかうような言葉に乗せられてのこのこ出向いて、「ホントに来たのか」と笑われたら……。

「行かない」

想像だけで胸の奥がギリギリと痛くなって、奥歯を噛み締める。

もう逢わないほうがいい。あの男とは係わらないほうがいいと、頭の奥で警鐘《けいしょう》に似たものが響いている。

ペースを乱す存在は、怖い。『千翔』と、親しげに呼びかけてくる低い声が耳の奥に残っていて、気に障《さわ》る。

「寝て……リセットしよう。頭から追い出す」

そう決めて、眉間《みけん》に刻んだ縦皺《たてじわ》を指先で無理やり伸ばした。

この研究所は広い。短期滞在者を含めると、三百人以上の人間が行き交っている。

外部から通ったり、日帰りで訪れたりする人間まで入れると、更に膨大《ぼうだい》な人数になる。それぞれの研究室に籠もっている人も多く、全体数はよくわからない。

千翔がここに来てから、五日。

あの男とは、廊下や食堂でも一度もすれ違ったりしていないのだから、これからも偶然顔を合わせることなどないだろう。

たとえば、蒼甫が言うように夜運動場に行くとか。意図して逢おうとしなければ、きっともう逢うことなどない。

……逢えない。

その途端、胸の中心で心臓がドクンと大きく脈動する。

「心臓、変だ」

こんなふうに頼りない、説明のつかない心情になったことなど初めてで、途方に暮れた気分になる。

早足で歩き続けながら、ギュッとシャツの胸元を握り締めた自分が、どんな顔をしているのか……わからない。

ただ一つ。千翔を、平静でいられなくしている犯人が『蒼甫』であることだけは、間違いなかった。

だから、もう逢わないほうがいいのだと……重ねて自分に言い聞かせた。

「秋庭くん。その子たちのミルクが終わったら、手が空くよね。狩野補助研究員が、時間ができたら研究室に来てくれって言ってたから、行ってあげて。手伝ってほしいことがある……とか。あ、岡田《おかだ》くんと森川《もりかわ》くんも一緒に」

千翔は、背中にかけられた高梁の言葉に「ハイ」と短く答えて、両手に包んでいた子猫を保育ケースに戻した。

まだおぼつかない手つきかもしれないけれど、触るだけでビクビクしていた最初の頃に比べれば、かなり慣れたと思う。

毎日接しているうちに、情が湧いたとでも言えばいいのか……引っ掻かれたり噛みつかれたりしても「可愛い」と感じる自分が、なんだか不思議だ。

千翔と共に名指しされた学生アルバイト二人は、すぐ隣の保育ケースにいる子猫の世話を終えたところだ。高梁には聞こえない音量で、「俺らはオマケかよ」「ついで、だろ」と零している。

千翔がすぐ傍にいても、お構いなしだ。

ここで最初に顔を合わせた時からずっとこうなのだから、なんとも思わない。岡田と森川は同じ大学に通う友人同士らしく、最初から露骨に千翔を排除しようとしていた。

それだけなら害はないし、千翔も放っておいてくれたほうが気楽なのでいいけれど、嫌味をぶつけてきたり……最近では、子猫を手にしているにもかかわらず足を引っかけようとしたり。

ギフテッドを集めたアカデミーでも、突出《とっしゅつ》した天才。

そう言われる千翔の存在を、面白く思わない学生は少なくない。スキップを重ねる中で、年上の同級生から受ける数々の嫌がらせには慣れているけれど、このところどうにも性質《たち》が悪い。

自分だけが被害を受けるならともかく、子猫を巻き込もうとするやり方は悪質だ。

「……イテッ」

ジャレつこうとしたのか、保育ケースにいた子猫に指先を軽く引っ掻かれて、小さく漏らした。

パッと手を引いた千翔に、岡田か森川……どちらかの嫌味が飛んでくる。

「はっ、まぁた引っ掻かれてるし。チビに嫌われてんじゃねーの」

「中学生みたいなベビーフェイスだから、顔面に迫力はないのにな」

……どちらが中学生だ。嫌味があまりにも低次元なので、腹も立たない。

子猫の頭を軽く指先で突いて細く吐息をつくと、保育ケースの蓋を閉じて高梁を振り返った。

「終わりましたので、行ってきます。狩野補助研究員が所属する研究室があるのは、C－015でしたよね」

二桁のエリアには重要な研究をしている実験室や培養《ばいよう》ルームがあり、ゲートのセキュリティが強固《きょうこ》だ。

見学も許可制で、ただのアルバイトの千翔は、これまで足を踏み入れたことがない。

立ち入り制限のある手持ちのＩＤカードでは、連絡通路の先にあるゲートを抜けることができないはずだ。

「そう、015。ゲートのところで、秋庭くんのＩＤを認証させたら狩野くんが応答するはずだから、ロックを解除してもらって」

「わかりました」

高梁の言葉にうなずいて、ドアに向かった。

岡田と森川に声をかける気はないし、あちらも千翔に「行こう」などと言われたら、命令するなと反感を募らせるだけだろう。

少し距離を置いて二人がついてきているのはわかっていたから、ゆっくりと歩いて人工島を繋ぐ連絡通路を渡った。

言われていた通りにゲートのセキュリティシステムにＩＤカードを翳すと、訪問者が千翔であることが伝わったらしく狩野が応答する。

『えーと……秋庭くんを含め、三人だよね。ロックを解除するから、入って。０１５Ｗのプレートが出ている部屋だから』

「はい」

高い電子音と共にゲートのロックが解除されて、チタンのゲートバーが左右に開く。千翔と岡田と森川、三人が通過したことを感知すると、すぐさま閉じられた。

狩野に言われたまま、ズラリと並ぶ白いドアの脇にあるプレートの番号を確認しながら、廊下の奥へと進む。

あちこちのドアから幼獣の鳴き声が漏れ聞こえてくる飼育エリアとは違い、水を打ったように静かだ。自分たち三人の足音だけが、廊下に響く。

空気までピンと張り詰めているみたいで、いつもなら不必要な会話を交わす岡田と森川もさすがに黙り込んでいる。

「……ここか」

ようやく『015W』と記されたプレートの出ているドアを見つけて、軽く拳を打ちつけた。

数秒後、内側からドアが開いて狩野が顔を覗かせる。

「待ってたよ。どうぞ、入って」

「失礼します」

小さく頭を揺らした千翔は、促されるまま部屋に入ってチラリと背後に目を向けた。岡田と森川は、緊張の面持ちで足を踏み入れてドアを閉める。

「呼びつけてごめん。ウチの先生、昨日から学会に出席するため島外に出ているんだけど、そのあいだに資料整理と掃除をするよう言い残して行って……それが、どう考えても僕一人じゃ無理な感じなんだ。雑用を言いつけるのは申し訳ないんだけど、君たちにヘルプを出させてもらった」

よろしく、と笑いかけられる。

つまり自分たちは、片づけ要員として呼ばれたらしい。

通された小ぢんまりとした部屋は、四畳半くらいだろうか。研究室というよりも、書斎の雰囲気だ。

窓際に置かれたパソコンデスクの上は、デスクトップパソコンと複合機の存在が目立つくらいで、スッキリしている。

分厚い本がびっしりと並ぶ背の高い棚に目を向けても、さほど散らかっているようには見えないが……。

千翔は口には出さなかったけれど、不可解な心情が表情に滲み出ていたかもしれない。

苦笑した狩野が、

「この奥が本丸《ほんまる》なんだ」

と言いながら、隣室に繋がっているらしいドアを開く。

……戸口からチラリと内部を窺っただけで、狩野の「一人じゃ無理」という台詞の真髄《しんずい》を理解した。

どうして、ドアの脇に千翔の背丈ほども本が積み上げられているのだろう。まるで、本の樹が立ち並ぶジャングルだった。しかも、本物のジャングルとは違って、うっかり触ったら崩れ落ちる危険地帯だ。

床の材質がわからないレベルで、本や書類が敷き詰められている。わざとでなければ、恐ろしいまでの散らかりようだった。

足の踏み場もない、という言葉を体感したのは初めてで、目を見開いて硬直する。

「支給されるバイト代に特別ボーナスを足すよう、ウチの先生に言っておくから……」

「はぁ……それは、お気遣いなく」

絶句《ぜっく》した千翔たち三人に、狩野は気まずそうな笑みを向けてくる。

この状態からどこまで掃除すればいいのかわからないが、ずいぶんとやりがいのありそうな作業だ。

ため息をつきたくなるのをギリギリで堪えて、

「お邪魔します」

と、『本丸』に足を踏み入れた。


床に無造作に置かれた……いや、積まれた本を拾い、分類を確認して棚に戻し……書類は纏めて狩野がチェックするそうなので、小さな箱に入れていく。

やってもやっても、本の山が減っているようには見えない。まるで、床から湧き出ているみたいだ。

この作業の終わりがいつになるのか、見当もつかなかった。

「高梁先生、呼び戻してくれないかな……」

「黙ってコッソリ帰ったら、マズいよなぁ」

岡田と森川は、うんざりしていることを隠そうともしない口調でぶつぶつ零している。

それも、少し前に狩野が誰かに呼び出されて、「ごめん、少し外すね」と出て行ったせいだろう。

「あー……くそっ、やってらんねぇ。だいたい、狩野さんって秋庭のサポートだろ。こんな雑用、おまえ一人がやればいいいんじゃねーの？」

我慢の限界が訪れたのか、森川が「疲れた」と言い残して床に座り込んでしまった。岡田も、手を止めて壁にもたれかかる。

「そうだよな。おまえがやればいいんだ。掃除なんかしたことないだろうし、どこに行ってもこんなふうにこき使われることもなかっただろうから、貴重な経験だろ」

露骨な嫌味は黙殺《もくさつ》して、淡々と本の山を崩す。

掃除をしたことがない？

そんなわけあるか、と心の中でのみ反論する。

数学者だった父親に連れられて、千翔がアカデミーに入ったのは五歳の頃だ。

寄宿舎《きしゅくしゃ》での生活に慣れるまでの最初の数か月を除いて、身の回りの世話をしてくれる人などいなかった。

自分の居室は自《みず》ら整理整頓するように言いつけられていたし、進学したスクールではたいてい千翔がクラス内で最年少だった。それを理由に、様々な雑用を言いつけられることも多かったのだ。

彼らは、千翔がどこでも特別扱いされ続けてきたのだろうと、僻《ひが》み交じりの嫌味をぶつけてくるけれど、それほどいいものではない。

わざわざ言い返したり咎めたりするのは面倒で、二人が作業を投げ出してウロウロし始めるのも黙殺していたけれど……。

「おっ、すげー。培養装置に……こっちはなんだろ」

「ん？　勝手に覗くなよ岡田」

「森川も見てみろって。普通だと、俺たちには見せてもらえないモノだろ」

耳に飛び込んできた不穏《ふおん》な会話はさすがに無視していられなくなって、千翔は手を止めて顔を上げる。

この研究室には、更に奥まった場所に小部屋がある。そこで作業していた狩野は、すぐに戻るつもりだったのか自分たちの良心を信じようとしたのか、施錠《せじょう》することなく出て行ったようだ。

姿の見えない岡田と森川が、その小部屋に入り込んでいることは間違いない。

「あの、バカどもめ」

眉を顰めた千翔は、小さく毒づいて立ち上がった。

できる限り彼ら二人には係わりたくないし、摩擦を生じさせたくもないけれど、さすがにこの勝手な行動は見逃せない。

「……岡田サン、森川サン。そこは、入っちゃいけない場所だと思うけど」

戸口に立ち、二人の背中に硬い声で話しかける。

その小部屋は、本や書類のジャングルのように雑然《ざつぜん》としたこちら側とは、別空間のようだった。

広さは三畳ほどで、小ぢんまりとしている。窓はなく、壁に沿って水栓《すいせん》のあるシンクや小型冷蔵庫、ヒーターが組み込まれた培養ケースが設置されていた。

シンク脇の水切りケースには、プレパラートやシャーレ、ビーカーといった用具が洗われて整然と並べられている。

床は、排水を考慮してか光沢のある石材で、小さな紙片一つ落ちていなかった。

千翔の言葉に、岡田と森川はお約束とも言える態度で反発してくる。

「……ああ？　ウルセーな。こき使われてるんだし、ちょっと覗き見るくらいの役得《やくとく》はいいだろ」

「文句があるなら、力ずくで俺たちを引きずり出せば？　チカちゃんの細腕じゃ、無理かもしれないけど？」

軽い口調でそう嘲笑《ちょうしょう》されて、眉間に刻んだ縦皺を深くする。

こいつらは、自分たちがしていることの重大性を認識していないのだろうか。

この研究室で行われていることがどんなものなのか、狩野からの説明もなかったので具体的には知らない。知らされていないということ自体、自分たちが踏み込んではいけない領域だと言外に示されているのだ。

「いいから、早く出ろよっ。狩野さん、もう戻ってくるだろうし……どんな言い訳をする気だ？」

丁寧な言葉遣いに気を回すこともできなくなり、早くしろと二人を急かす。そんな千翔の態度は、彼らの神経を逆撫でしただけのようだ。

「偉そうに、出ろよ……だって。五つも年上の、目上の人間に対する言葉じゃねーな」

「歳だけ無駄に食ってる人間を、目上とは認識できない。やっていいこととダメなことの区別くらい、小学生でもつく」

遠慮を投げ捨てた千翔は、思い浮かぶままに言葉を投げつける。表情にも呆れと侮蔑《ぶべつ》が滲み出ていたのか、二人が目の色を変えた。

「ようやくまともにしゃべったかと思えば、それが本性か？　根暗《ねくら》なだけかと思ってたら、クソ生意気なヤツ」

「狩野さんが戻ったら、おまえが強引に覗こうって誘ってきた……ってことにするから、俺たちは痛くも痒《かゆ》くもないし」

「だよなぁ。天才サマは、知的好奇心ってヤツが人一倍強いみたいで……仕方ねーなぁ」

下品な笑い声を上げた岡田は、更にとんでもない行動に出る。

培養ケースの蓋を……開けた？

ギョッとした千翔が、「閉めろよ！」と言いながら足を踏み出したのと同時に、岡田に二の腕を掴まれた。

「イテ……」

上背はほとんど変わらないが、体格は岡田が勝っている。腕力に訴えられたら、抗《あらが》えない。

「な、なんだよ」

睨み上げた千翔に、答えはなく……ふんと鼻で笑いながら、掴んだ腕を強く引かれる。

その場で足を踏ん張りきることができなくて、勢いよく小部屋に引っ張り込まれた。体勢を立て直すより先にドンと背中を押され、身構える余裕もなく壁際の培養ケースに向かって身体を投げ出してしまう。

ガシャンと激しい音が響き、二人が覗くため蓋を開けてあったケースがガタガタ揺れる。

「ッ！」

千翔が咄嗟に右手をついたのは、そのケースの内部だった。手の下で、パキッと薄いガラスの割れる音が耳に入り……人差し指の先端に、ピリッと鋭い痛みが走った。

慌てて右手を上げた千翔の目に、割れたプレパラートとヒビの入ったシャーレが映る。

その直後、先ほどまで作業していた部屋から狩野の声が聞こえてきた。

「あれ？　秋庭くん……岡田くん、森川くん？」

「やべっ、狩野さんが戻ってきた」

千翔を押しのけた森川が、さすがにまずいと思ったのか培養ケースの蓋を閉める。そこに収められている容器の乱れや破損は隠しようがなくて、早口で続けた。

「培養ケースにぶつかったのは、秋庭だからな」

千翔の背中を小突きながらそう言った森川の言葉に、狩野の鋭い声が被った。

「学生三人、そこでなにしている！」

温和《おんわ》で、いつもおっとりとした狩野の緊迫感溢れる口調は、それだけで事の重大さを感じさせる。

「スミマセン、鍵が開いてて……秋庭が見てみたいって言うから」

「秋庭に誘われて、つい」

二人は事前に予告していたとおりに、千翔の名前を出して逃げを計ったけれど、狩野はピシャリと撥《は》ねつけた。

「誰が誘ったとか、そういう問題じゃない。培養ケースや冷蔵庫の中に、手を触れていないだろうね。シャーレは空で、重要な細胞を培養中じゃなかったのが幸いだけど……」

「あ、培養ケースは秋庭が足を滑らせて体当たりしたから、ちょっと乱れてますけど……触ったりはしていません。な？」

「そ、そうです。見ただけで」

戸口で仁王立《におうだ》ちした狩野は、森川と岡田を鋭い目で睨んでいる。全身に纏う空気がピリピリとしていて、千翔は思わず右手の指を手の中に握り込んだ。

「あの、片づけ……と、ガラスが割れた音が聞こえたのでシャーレとかが破損しているかもしれませんから、弁償《べんしょう》を」

「結構です。あとは僕がしておきますので、三人とも退室してください。……そちらの部屋の片づけも、構いませんから」

早く出て行け、と視線で促される。千翔たち三人はもうなにも言えず、頭を下げて小部屋を出た。

すぐさま、パタンとドアが閉められて……様子を窺うことができなくなる。

出口に向かいながら、岡田が大きく息を吐いて口を開いた。

「あー……すげぇ迫力だった。狩野さん、ほわほわした人だと思ってたのに」

「もっと怒られるかと思ったけど、これくらいで済んでよかったな。掃除もいいって言われたし、高梁先生のところに戻るかぁ」

緊張感のない台詞を交わす二人の背中を、千翔は険《けわ》しい目で見据える。

二人は軽く捉えているが、大問題になるのではないだろうか。アルバイト学生が、研究室の培養ケースにぶつかってシャーレを破損したのだ。

しかも、狩野には言っていないが……ケース内に、素手をついてしまった。次の実験前には念入りに滅菌《めっきん》消毒を施すはずだが、一応伝えるべきだったかもしれない。

あのケース内で、細胞を培養していなかったという言葉だけが幸いだ。割ってしまった容器の弁償は、いずれきちんとしなければならないと思うけれど。

「結局さ、秋庭には甘いんだろうな。どんな時でも、特別扱いだ」

「だよな。あそこに入ってたのが俺たちだけだったら、こんなにあっさり放免《ほうめん》されなかっただろうし」

この期に及んで、千翔に対する僻み妬《ねた》みを零す二人には心底呆れる。言い返す労力も無駄だと、ため息をついた。

ズキズキする右手を開き、人差し指の先にそっと視線を落とすと、指の腹に一センチほどの切り傷が走っていた。

薄っすらと血が滲んでいるけれど、さほど深くはなさそうだ。これくらいなら、すぐに治るだろう。

コッソリ指先を口に含み、舌に広がる錆《さび》っぽい血の味に眉根を寄せて、『０１５Ｗ』のプレートが掲げられた部屋を出た。

□□□

身体が……熱い。喉が渇いて、ヒリヒリしている。ゾクゾクと絶え間なく悪寒《おかん》が背筋を這い上がり、寒いのか暑いのかあやふやになる。

「ン……」

数々の不快感に襲われた千翔は、落ちかけていた眠りから強制的に呼び戻されて、重い瞼を押し開いた。

枕元にある時計を手探りで掴み、時刻を確認して吐息をつく。ロフトベッドに上がって、三十分も経っていない。

うなじに、ぐっしょりと冷たい汗が滲んでいる。湿《しめ》ったTシャツの襟元《えりもと》が気持ち悪くて、着替えたいな……と寝返りを打った。

でも、身体が重くて簡単に起き上がれそうにない。

見上げた天井の近さはいつもと同じだけれど、ぼやけているように見える。淡い、オレンジ色の終夜灯《しゅうやとう》だけが原因ではないはずだ。

これはもしかして、発熱しているのではないだろうか。

「水……飲みたいし。ついでに、着替え……」

ベッドに手をついて、なんとか身体を起こした。天井に頭をぶつけないよう、中腰でのろのろと足元にある階段へ向かう。

関節の痛みと、喉の粘膜《ねんまく》を焼くような吐息の熱さは……やはり尋常《じんじょう》ではない。発熱するなどずいぶんと久し振りだが、この身体症状は結構な高熱だろう。

慎重にロフトの階段を下り、簡易キッチンの冷蔵庫からウォーターボトルを取り出す。

喉を鳴らして半分ほど一気に飲み、ようやく人心地がついた。

「はぁ……なんで、だろ」

発熱する原因はどこにあるのだろう。ここではウイルスや細菌《さいきん》の除去は徹底しているはずだが、万が一ウイルス性のものであれば幼獣たちの世話などできないし、感染拡大を避けるために隔離措置を取られる。

メディカルセンターに通報したほうがいいか、とボトルを握った右手の指先に、ズキリと鋭い痛みが走った。

「なに……え？」

簡易キッチンにある、小さな照明を灯す。ズキズキ疼《うず》く人差し指の先を検分《けんぶん》した千翔は、瞠目《どうもく》して息を呑んだ。

真っ赤に腫れている。指先から第二関節にかけてまでの皮膚が変色していて、指を曲げられないほど膨張していた。

「な、なんで」

どうしてこんなことになっているのだろう、と唖然《あぜん》としていた千翔だったが、半日ほど前に負った小さな切り傷の存在を思い出した。

鼓動に合わせてズキズキ疼く痛みの中心は、人差し指の先端で、間違いなく、体調の異変の原因はコレだろう。

「やっぱり、メディカルセンターに……」

内線電話に向かおうと足を踏み出した瞬間、身体の中心をたとえようのない激痛が走り抜ける。

その場にうずくまり、背筋を駆け上がる痛みに奥歯を噛んだ。

「ッ！　ぅ……っ、ぁ」

なに……？　なにが起きている？

これまで身に受けたことのない痛みに、声を出すこともできない。自分の身体を抱き締めるようにして、引っ切りなしに全身を駆け巡る悪寒に身を震わせ……ただ、時が流れるのを待つ。

スーッと波が引くように熱が下がった感覚が不思議で、忙しない瞬きをした瞬間、ザワリと一際《ひときわ》激しい悪寒が背筋を駆け上がった。

「あ……ッ、ぇ？」

背骨……いや、尾てい骨が軋《きし》むような痛みを感じたと同時に、全身を巡っていた不快感がスルリと剥がれ落ちた。

燃えるのではないかと怖いくらい熱かった身体が、なにごともなかったかのように平素《へいそ》を取り戻している。

激しい悪寒の名残は、腕の鳥肌《とりはだ》くらいだ。

「な……に？」

あまりにも劇的な出来事に、唖然として自分の身体をパタパタ叩いた。

どこも、なんともない。

噴き出た汗のせいで、湿るを通り越して濡れているTシャツやハーフパンツが、気持ち悪いくらいだ。

「とりあえず、着替え」

不可解な状態に首を捻りながら、ロフトの階段部分にある収納ケースを開けた。Tシャツと下着と、ハーフパンツも。パジャマ代わりに身に着ける一式を取り出して、引き出した収納を戻す。

淡い光の中、ゴソゴソと濡れた服を脱ぎ捨てた千翔は……腰から下の違和感に気づいて、動きを止めた。

なに？　足に……毛の感触が当たっている？

それも、昼間に世話している子猫たちの体毛によく似た、ふわふわとやわらかなモノ……が。

千翔は、替えのサラリとしたTシャツを握り締めたまま、恐る恐る視線を足元に落とした。

視界に映り込んだのは、自分の素足と……二本の脚のあいだからチラチラ見え隠れしている、

「毛……？」

としか言いようがない、『なにか』だ。

コクンと喉を鳴らして、動揺する自身を落ち着かせようと、握り締めていたTシャツに袖を通す。

ぎこちない動きで下着に足を通し、ハーフパンツと纏めて引き上げて……。

「うぎゃ！」

奇声を発しながら、ビクンと身体を跳び上がらせた。

とんでもない違和感が、尻のところにある。もこもこと……パンツを膨らませている異物は、なんだ？

「っ、なんなんだよ！」

正体がわからないというのが、なによりも気持ち悪い。思い切ってパンツの尻部分に手を突っ込むと、指に触れた毛の塊《かたまり》を引きずり出した。

強く引っ張った途端、背骨に響くような痛みに襲われる。

「イテテ、痛……い？」

毛の塊と連動しているとしか思えない感覚に、心臓がドクドクと激しく脈打っている。

我が身に起きている異常事態を確かめるのは怖いが、このままなかったことになどできるわけがない。

そろりと身体を捻り、尻のあたりに目を遣り……視認した毛の塊の正体に、ペタリと座り込んだ。

「し、尻尾……」

チラリとしか見ていないが、それ以外に言い表しようのないモノがあった。

薄暗い中でも、インパクトは抜群《ばつぐん》だ。あまりにも異様な光景は、しっかりと千翔の目に焼きついていて……頭の中が真っ白になる。

右手の中にあるモノは、毛むくじゃらの『尻尾』だ。

握り締めた指が硬直していて、力を抜けない。

その指から伝わってくるのは、毛の触り心地とぬくもり。逆に尻尾では、握られている指の力強さを感じていて、確かに自分の尻から生えている尻尾なのだと……否応なしに思い知らされる。

「なにが起きて……る」

　メディカルセンターに通報しようという考えは、思考から吹き飛んでいた。こんなとんでもないモノ、他人に見せられるわけがない。

　でも、原因不明の異常な事態が自分に起きているのは確実で……あまりの恐怖に、小刻みに肩を震わせた。

　怖い。怖い……。混乱のままに叫んで、走り出したくなる。

　そんなふうにしても解決になどならないと、ギリギリのところで理性が働いているから行動に移さないだけで……完全な恐慌《きょうこう》状態に陥《おちい》っている。

「だ、誰か……」

　頼りない声で無意識につぶやきかけて、続きを呑み込む。

　誰か、助けて？　こんなの、誰が助けてくれる？

　相談できる相手など、誰も……と尻尾を握り締めて項垂《うなだ》れた千翔の頭に、一人の人物が思い浮かんだ。

　それは、サポート役の狩野でも、毎日接している高梁でもなく……千翔を露骨に子供扱いして無遠慮に髪に触れてくる、長身の男の姿だった。

「なんで、蒼甫？」

蒼甫という名前と、三十歳ちょっとらしい年齢以外は、なにも知らない人物だ。所属も聞いておらず、黒豹を連れていたこととIDカードから研究所に属する飼育スタッフだろうと推測するのみだ。

彼が助けてくれる保証など、どこにもない。

信用できるかどうかも、わからない。

なのに……縋《すが》る存在を求めた千翔の頭には、蒼甫の姿しかなかった。

あの、あたたかな大きな手が、混乱の渦《うず》から掬《すく》い上げてくれると期待しているのだろうか？

……どうして？　あの『そーすけ』の手と、どことなく似ていたから？

そんな不確かな理由で、頼ろうとするなんておかしい。蒼甫に気味悪がられて、差し出した手を振り払われてしまったら、絶望しか残されないだろう。

なのに、「どうして蒼甫か」繰り返し自問《じもん》しても、答えは出そうにない。

何故の解答を得るよりも、今は、この身に起きている異常事態をどうにかしなければならなくて……。

「……助けて」

頭に思い描くのは、やはりあの無遠慮で豪胆《ごうたん》そうな男の顔と、髪を撫で回してきた武骨《ぶこつ》な手だった。

《四》

いくつかある運動場の中でも、密林を模したエリアは一日を通して薄暗い。朝昼晩と、実際の時刻に合わせて照明の明度は変えられるけれど、鬱蒼《うっそう》とした大木の枝葉が光を遮《さえぎ》るせいだろう。

深夜に当たるこの時間は、闇に包まれていた。

千翔がここに来るのは二度目だけれど、前回はもっと早い時間だった。今夜は、深夜を通り越して未明と呼ばれる時刻に近い。唯一の光源は月光を再現した淡いものしかなく、先日よりも闇が深いようだ。

夜は、たいていここにいると言っていたが……。

「さすがに、こんな時間には来ない……かも」

非常事態の混乱に背中を押されて、衝動的にここに足を向けてしまった。ただ、これほど遅い時間に蒼甫が現れるという保証はどこにもない。

待っていても、無駄になる可能性もあって……それでも千翔は、太い木の幹に背中を預けて座り込んだまま、動こうとしなかった。

移動中にうっかり誰かに見られないよう、頭からすっぽりと被った白衣の中で、限界まで身を縮ませて息を潜める。

こんなふうにしていても、非現実的なアレが消えてくれるわけではないだろう。けれど、一人きりの部屋でアレと向き合っていると、パニックに陥ってどうにかなってしまいそうだったのだ。

こうして、人工的に育てられたものとはいえ草木に囲まれた清涼な空気の中に身を置くだけで、ほんの少し気が鎮まる。

「なんで、蒼甫が助けてくれるとか……思ったのかな」

ぽつりと自問しても、答えはやはり『わからない』だ。

確かにあの男は、少しばかり異常事態に瀕《ひん》してもパニックに陥ったりしなさそうな、図太い神経を持っていそうだった。

短い時間話しただけで、無神経……いや、豪放磊落《ごうほうらいらく》という表現がピッタリの性質が伝わってきたのだ。

もし、千翔が『秋庭千翔』であると知ったとしても、あの男は態度を変えないのではないかと……根拠のない期待を寄せてしまう。

「おれ、あの人になにを期待しているんだろ」

実の父親でさえ、千翔のＩＱテストの結果を知った時は、息子ではなく奇異《きい》な『化け物』を見るような目になった。

有無《うむ》を言わさずアカデミーの寄宿舎に入れられてからは、年に一度顔を合わせるかどうかという希薄な親子関係なのだ。

知人の数学者に勧められるまま、軽い気持ちで息子にＩＱテストを受けさせて……予想もしていなかった結果に、どう接すればいいのかわからなくなってしまったのだろう。この年齢になった今だと、あの時の父の態度も理解できなくはない。

千翔が生まれて間もなく亡くなったという母親が存命なら、もう少し違っていたかもしれないけれど……千翔の成長過程に、一般的な『親』は存在しない。

親子の絆《きずな》は特別だとか、無条件で受け入れてくれるものだと小説や映画で語られていても、別世界の話のようだった。

皆が必要としているのは、『秋庭千翔』の頭脳なのだ。どんな人間性だろうと、大した問題ではない。

もし自分がなんの変哲《へんてつ》もない十八歳の学生で、特技などないただの『千翔』だったとしたら、見向きもされないだろうと容易《ようい》に想像がつく。

「っ……」

自覚している以上に精神的なダメージを受けているのか、どんどん思考が卑屈《ひくつ》なほうへと落ち込んでいくみたいだ。

「ちくしょ、こんなのに動揺させられるなんて……」

悔しい。異常事態になど負けるものかと唇を噛んでも、解決策の糸口さえ見つからない現状を思えば、やはり身を縮ませるだけになってしまう。

朝まで、ここでうずくまって身を潜めるとして……その後は？

いっそ、この忌々しい尻尾を切り落としてしまったらいいのではないかと、過激なことが思い浮かんで膝を抱える手に力を込めた。

「コレ、ど……すればいいんだよ」

頼りない声でつぶやいたところで、ゲート付近からかすかな物音が聞こえてきた。

息を呑んでそちらを凝視《ぎょうし》していると……ガサリと草を揺らして、真っ黒な巨体の猛獣が姿を現す。

「ぁ……」

あちらはまるで、千翔がここにいることを知っていてやって来たかのように、少し距離を置いたところで足を止めてジッと見詰めてくる。

至近距離で対峙《たいじ》するには、非現実的な猛獣だ。でも千翔は、この黒豹が無意味に襲いかかってくることはないとわかっている。

一人きりでここにいた時より、猛獣と顔を突き合わせている今のほうが落ち着いた気分になるなんて、不思議だ。

「おい、どうした……あれ？　おまえ……千翔か？」

ガサガサ草が揺れ、黒豹の後ろから人影が現れる。低い声で訝しげに名前を呼ばれた途端、肩の力がストンと抜けた。

蒼甫……だ。あきらめかけていたのに、逢えた。危機から救ってくれるヒーローみたいに、来てくれた。

言葉もない千翔をよそに、蒼甫は前回と変わらない調子で口を開く。

「コイツが妙に落ち着きなくウロウロするから、連れ出してみたら……おまえがここにいることを、わかっていたみたいだな。そんなに千翔が気に入ったのか？」

最後の一言は、黒豹に話しかける。当然、あちらから答えはなかったけれど、蒼甫にとっては自然なことのようだ。

この黒豹を大切にしているのだと、言葉や仕草の端々から伝わってきて……ホッとすると同時に、これまで動物たちを研究対象としか捉えていなかった我が身を省《かえり》みて、申し訳ない気分になる。

そうか。子猫たちに対する心情がなんとなく変わったのは、ここで蒼甫と逢ったせいかもしれない。

黒豹を無理やり追い立てようとか、高圧的な態度で従えようとする空気は微塵《みじん》もなかった。動く気になるまで待とうとしたり、自然と話しかけたり……獣の意思を尊重していた。

蒼甫と黒豹、一人と一頭の姿を同じ視野に捉えた千翔は、不思議なくらい落ち着いた心情で目をしばたたかせる。

「こんな時間に、……なにかあったか？」

ぼんやりしている千翔の手前で足を止めた蒼甫は、背中を屈めて顔を覗き込むようにして尋ねてくる。

夜闇に阻まれて、立ったままでは表情がよく見えなかったに違いない。そうして至近距離で目が合った途端、ハッと我が身に起きている非常事態を思い出した。

どうしよう。

突然、尻尾が生えたなどと言っても、笑い飛ばされて終わりそうだ。でも、コレを見せるのは……怖い。

藁《わら》にも縋りたいような恐慌状態の中、蒼甫が思い浮かんだとはいえ、彼がどうにかしてくれる確証などないのに……。

「千翔？　ここで頭からすっぽり白衣を被っていたら、暑いだろ。まさか、誰かになにかされて……怪我《けが》とか、隠しているんじゃないだろうな」

「ち、違う」

険しい表情の蒼甫に、千翔はぎこちなく首を横に振って否定する。それを確かめた蒼甫は、小さく息を吐いて眉間の皺をゆるめた。

「それならいいが。言いたくないなら、無理に聞き出す気はない。でも……聞いてほしいから、ここに来たんだろ？」

蒼甫の言うとおりだ。この異変を一人で抱えるのは重くて、苦しくて……蒼甫に助けてほしかった。

曝《さら》け出すのは怖いのに、逼迫《ひっぱく》した事態を知ってもらいたかった。

どうして蒼甫は、千翔の心理を読めるのだろう。

表情に出しているつもりもないし、言葉も少なく……それほどわかりやすい人間だとは思えないのだが。

「千翔？」

「そ、蒼甫……どうしよう」

震える手を伸ばして、蒼甫の着ているシャツの裾を掴んだ。情けなくかすれた声を、取り繕うこともできない。

地面に膝をついて千翔を見詰める蒼甫の表情が、先ほどよりもずっと険しいものになる。続く言葉を待っているのか、無言で見下ろしてくる目は鋭くて……でも、心配をたっぷりと滲ませていて。

なんとか自身の内に押し込めようとしていた不安が、溢れ出してしまった。

「おれ、こんなの……どうしていいのかわかんない。助けてよ」

「なにがあった？」

硬い声でそう言った蒼甫に、自然な仕草で両腕の中に抱き込まれる。

ぐずる子供を宥めるように背中を軽く叩く手は心強くて、意地を張って「離せ」と突っぱねられない。

子供扱いされることが、こんなに心地いいなんて……知らなかった。

「っ……」

どう言い出せばいいのか、言葉を探して唇を噛んでいると、頭から被っていた白衣が地面に落ちていることに気がついた。

蒼甫に抱き寄せられた時に、滑り落ちたのだろうか。背中を撫でていた蒼甫の手が、ふと動きを止めて……ピクリと震えるのが伝わってきた。

「……なぁ」

短く呼びかけられても、反応できない。かすれた低い声が、千翔の身に起きている異変を察知したのだと、語っている。

「おい、千翔。そいつは……なんだ？」

「そいつ？」

惚《とぼ》ける気はなかったのだが、そのものズバリを尋ねてこない蒼甫には千翔も答えようがない。

蒼甫は、恐るべき早さで驚愕から立ち直ったようだ。気が長いほうではないらしく、わずかに苛立ちを含んだ声で、

「コレだよっ」

と言いながら、尻尾を掴んでグッと引っ張った。

その瞬間、脳天《のうてん》まで突き抜けるような痛みが背筋を駆け上がり、千翔は蒼甫の肩を拳で叩きながら抗議の声を上げる。

「痛いっ！　引っ張るなよ」

「っと、すまん。じゃなくて……俺の質問に答えろ。なんだよ、コレ」

緊迫感を帯びた声だ。これまでの飄々とした響きではなく、蒼甫も惑乱しているのだと

伝わってくる。

なにと問われても、今の千翔に答えられるのはたった一つ。

「し、尻尾……だと思う」

そんなことは、見ればわかる。ふざけているのかと怒られそうな千翔のつぶやきにも、蒼甫は大真面目な声で聞き返してきた。

「作り物を、くっつけてるんじゃなく？」

「生えて……る」

小さく答えた千翔に、もう質問を重ねようとはせず……特大のため息が、頭上から落ちてきた。

千翔はビクッと身体を震わせたけれど、落ち着いた蒼甫の声や言葉は、千翔を突き放そうとするものではなかった。

「なにがどうなって、そんなコトになったのか……ひとつ残らず聞き出したいところだが、場所がよくない。豹をケージに戻して、落ち着ける場所で語ってもらおうか」

千翔に否など言えるわけがなく、コクンとうなずいて蒼甫の着ているシャツの脇腹部分を握り締めた。

驚愕は、当然のものだ。

でも……手を離されなかった。面倒なものに係わりたくないとか、気味が悪いから触るなと、拒絶されなかった。

こうして千翔がシャツを掴んでも、振り払おうとはせず……安心させるように、手の甲を軽く叩いてくる。

その手は、これまでと同じぬくもりを千翔にくれる。

「足元に気をつけろ。躓《つまず》いて転ぶなよ」

そんな言葉さえ、千翔の胸の奥に不思議な熱を灯し……何故か鼻の奥がツンと痛くなり、視界がぼんやり霞《かす》む。

暗くてよかった。

もしも今、前を歩く蒼甫に振り向かれてしまっても、みっともないことになっている顔を隠せるだろうから。

連れていた黒豹を、運動場のすぐ近くにある猛獣用の広いケージに戻した蒼甫は、千翔の手を引いてその奥へと歩を進める。

人工島を繋ぐ連絡通路を渡り、いくつかゲートを抜け、一際厳重そうなゲート前で足を止めた。

ゲートに示されているエリアナンバーは、C－555。

千翔が、一度も入ったことのないエリアだ。構内図にも、所在地や施設名は掲載されていなかったと思う。

それだけ重要で、秘匿性《ひとくせい》の高い施設のある区画ということだろう。

「これで最後だ。指を置け」

千翔を振り向いてそう口にすると、指紋認証装置に誘導する。

蒼甫が、首にかけていたケースから取り出したカードを機械に挿入する。千翔は目で促されるまま、黒いセンサーに親指を乗せた。

無言で、なにやらコードを打ち込んだかと思えば……高い音と共にゲートが開いた。

「仮登録だが、千翔の指紋を認証させた。片方だと弾かれるが、ＩＤカードと指紋認証を組み合わせたら、ここのセキュリティを解除できる」

「……ん」

ただの飼育スタッフだと思っていたけれど、蒼甫のＩＤカードは、かなりの権限があるものなのだろう。

そうでなければ、正式な研究員ではない千翔を、重要エリアのセキュリティに容易く登録することなどできないはずだ。こうして登録されたところで、今後活かす機会があるかどうかは不明だが。

ここはどこだとか、独断で自分を入れてしまってもいいのかとか、疑問は多々あったけれど問い質すことのできる空気ではない。

身の異変を隠すため、肩に羽織《はお》った白衣が落ちないように胸元で掴み、早足で蒼甫の背中を追った。

蒼甫は白い廊下を迷いのない足取りで進むと、行き止まりのところにあるドアを開く。空気の流れと共に、かすかな消毒薬の匂いが鼻先をくすぐった。

「どーぞ。入れ」

「お邪魔、します」

招き入れられた部屋は、清潔感のある白で纏められていた。デスクの前に向かい合わせに置かれた椅子といい、まるで病院の診察室だ。

部屋を仕切るような壁があり、腰あたりから天井までが透明ガラスになっている。こちら側よりずっと広い空間で、様々な高さのテーブルのようなものが見えた。

実験室とも違う……なんだか不思議な空間だった。

「とりあえず、脱げ」

「えっ……でも、ここ……なに？」

藪《やぶ》から棒に脱げなどと言われた千翔は、白衣を握る手に力を込めて、戸惑いをたっぷりと含んだ声を零す。

千翔の前に立っている蒼甫が、

「あ」

と、目をしばたたかせた。

その顔には、「しまった」と書かれているみたいだ。

「悪い。説明していなかった。口を開くなり脱げとか、これじゃ変態みたいだな」

「そ、そこまでは言わないけど……」

苦笑しながらの軽口に、緊張でガチガチになっていた千翔の肩から強張りが解けた。計算していたわけではないはずだが、蒼甫の言動は千翔には予測不可能だ。

「俺は、獣医……正確には幻獣医なんだ。人間は専門外だが、ソイツは人間にはないものだし……明るいところで、しっかり検分させろ」

予想もしていなかった「幻獣医」という言葉に、千翔は唖然と目を瞠った。

身を護るための鎧《よろい》を纏うような気分で、強く白衣を握り締めていた。その手から自然と力が抜け、パサリと床に落ちた音が聞こえてくる。

「幻獣っていうより、古代の復活種のほうが正しいけどな。一般人からすれば、ドードーやサーベルタイガーはペガサスやユニコーンなんかと同レベルの、幻獣だろ。……動けないなら、勝手に脱がせるぞ」

眼鏡をかけながら大きく足を踏み出して距離を詰めてきた蒼甫が、千翔の穿いているハーフパンツのウエスト部分を掴んでくる。

呆けていた千翔は瞬時に我に返ると、慌ててその手を振り払って身体を逃がした。

「じっ、自分で脱ぐから！　触るなっ」

「くっくっ……カワイイ反応。生娘かよ」

悪趣味なからかいは唇を噛んで無視をして、両手でハーフパンツと下着を掴む。

躊躇うから、変に恥ずかしいのだ。これは、そう……診察なのだから、意識する理由などない。

そう自分に言い聞かせて、ハーフパンツと下着を纏めて一気に脱ぎ落した。

幸いなのは、ゆったりとしたTシャツの裾が、腿《もも》の真ん中あたりまでを隠してくれていることだ。

「見えねーぞ。後ろを向け。で、そこの丸椅子に座れ」

「………」

他人事だと思って、簡単に言ってくれる。

でも、こうして突っ立っていてもどうにもならないことは、重々承知している。見せて……蒼甫がなんとかしてくれる可能性がわずかでもあるのなら、きちんと見て、いや診てもらったほうがいい。

千翔はたとえようのない羞恥に奥歯を噛み締めると、蒼甫に背を向けた。背もたれのない丸椅子に座るなり、躊躇《ちゅうちょ》の欠片もなく無遠慮にTシャツの裾を捲り上げられて、ビクッと肩を震わせる。

「ふ……ん、確かに、脊椎《せきつい》動物の尾だな。ヒューマンテイルってヤツじゃなく、毛や骨もあるし……」

「ッ！」

緩く握られる感覚に、息を詰めて先ほどの比ではなく身体を震わせた。蒼甫の手の中にある尻尾も、ピクッと揺れる。

「神経も通っている、と。運動機能に関しても、正常……って言っていいかどうか、まぁ……いいか」

蒼甫の声は真剣で、他意なく検分しているのだとわかっている。でも、指先で毛を掻き分けたり……骨の繋ぎ目を確かめるように指先で摘《つ》まれたりすると、なんとも形容し難いくすぐったさに襲われる。

勝手に身体がビクビク反応してしまい、ジッとしていられない。

「全長は、八十センチってところか。色合いと……模様の特徴から推測するに、ユキヒョウか？　長さといい、毛量といい……他のネコ科動物にはない尻尾だ」

背中を向けていて、よかった……と思おう。顔が熱い。きっと、みっともなく真っ赤になっている。

落ち着きなく手を握ったり開いたりして、蒼甫に触れられている尻尾からなんとか意識を逸らそうと努めた。

「コレが脊椎動物の尾だということは、確実だ。それが、何故おまえに生えている……というのが疑問だが。生まれた時からじゃないよな？　巧みに隠していたんじゃないのなら、この前に逢った時は、なかっただろ」

「最初に、それを疑問に思ってほしかったんだけど」

蒼甫をチラリと振り返り、順番が逆だと苦情をぶつける。

幻獣医を名乗るだけあって、興味が『珍しい尻尾』に集中していたとしか思えない。

当の千翔にとっては、虎の尻尾だろうがユキヒョウの尻尾だろうが、種族など関係なく

非常事態なのに……と、のん気な蒼甫が恨めしくなる。

「ビックリしたんだよ」

飄々と、ビックリしたと言われても……あまり説得力はない。驚いたのは確かだろうけど、千翔には即座に立ち直っていたように見える。

少し前まで、こんな奇妙なモノは誰にも見せられない……と絶望的な気分になっていたのに、蒼甫がのほほんとしているせいで緊張感が薄れてしまった。

「で、心当たりは？　ヴァンパイアでもあるまいし、獣に咬《か》まれて感染ってわけじゃないだろ。針刺し事故か……傷のある手で、培養中の細胞核に触ったか。でも、学生バイトが触れるような状態で、置いておくかぁ？　仮に不慮《ふりょ》のコンタミが起きたとして……こんな状態になるっていうのも、ちょっと特殊事例だろ」

蒼甫の言葉に、一つの可能性が思い浮かんだ。

コンタミネーション……この場合は、培養菌によって、自身が混合汚染されたことを意味するのだろう。

千翔は、小刻みに震える右手を左手で掴んで、『心当たり』を告げる。

「コンタミネーション……としか、思えない。研究室の奥にある実験室に置かれていた培養ケースに、手をついて……中のシャーレとプレパラートを割って、指先を切ったんだ。

で、でもっ、培養ケースは使ってないって言ってたのに」

半日前の事故を思い起こしながら話しているうちに、困惑が深まっていく。

狩野は、確かに培養中じゃなくてよかった……と言った。狩野も知らされていない、「なにか」を培養していた？

でも、その「なにか」でこんなことになるもの……か？

見るからに動揺しているであろう千翔の肩を、蒼甫が両手で掴んで腰掛けている丸椅子をグルリと回された。

正面の椅子に座っている蒼甫と眼鏡越しに目を合わせると、「いくつか確かめたいことがある」と前置きをして、静かに尋ねてくる。

「それは、どこの実験室だ？　責任者……研究者は？」

「研究者が誰かは……わかんない。補助研究員は、狩野さんで……あ、研究室はＣ－０１５Ｗだ」

狩野が、ウチの先生と呼んでいた研究者の名前は不明だが、研究室のナンバーは憶えている。

それを告げた途端、蒼甫の顔から表情が消えた。感情を窺えない目で、ただ静かに千翔を見下ろしている。

「あの、蒼甫……？」

不安になって呼びかけると、ハッとしたようにまばたきをして眉間に皺を刻む。今度は一転して険しい表情になり、千翔の戸惑いは増すばかりだ。

「C－015Wか。……だな」

ハッキリとは聞き取れなかったけれど、蒼甫がつぶやいたのは人の名前のようだった。研究室の主が誰か、知っているのかもしれない。

「蒼甫、コレ……なくせる？　切らないといけないかな。切っても、また生えたら……どうなんの？」

千翔の不安は増すばかりで、蒼甫の腕を掴む手の指が小刻みに震える。

心細さを隠せない、情けない顔になっているかもしれないけれど、取り繕おうという余裕などない。

蒼甫は千翔の手の甲をポンと叩き、唇に仄かな笑みを浮かべて口を開いた。

「切るかよ、もったいな……じゃなくて、大丈夫だから心配するな。俺が、なんとかしてやるよ」

「なんとかするとか、なんで、言い切れるんだよっ」

蒼甫にぶつけた憤《いきどお》りは、八つ当たりだ。そうわかっているのに、言葉が溢れるのを止められなかった。

混乱の渦に巻き込まれ、頭で考えるより先に、次から次へと不安が噴き出してしまう。

「こんなのが生えたのが、自分じゃないから笑ってられるんだ。わけ、わかんな……いし、特異事例ってなに？　もしかして、実験動物にされる？　学習能力とかアカデミー出身とか、なにもかもどうでもよくなって、ただの変なモノ扱いされるだけで」

「千翔っ。落ち着け！」

強い調子で名前を呼びながら、両手で顔を挟み込まれて言葉を遮られた。視線を絡ませた蒼甫は、眼鏡の奥から真摯《しんし》な目で千翔を見据えている。

表情は険しいのに、蒼甫が痛みを抱えているかのように苦しそうでもあり、他人事なのだろうと八つ当たりをした自分がなんだか恥ずかしくなる。

蒼甫は……その場限りのおざなりな慰めなど、口にしない。きちんと、千翔に向き合おうとしてくれている。

逸らすことのない真っ直ぐな瞳が、そう言っているみたいだ。

「深呼吸をしろ。ほら……もう一回」

低く、落ち着いた声に促されるまま、深呼吸を繰り返す。

頬に触れる蒼甫の手は、あたたかくて……ささくれ立っていた心が、不思議と鎮まった。

「実験動物になんかしないし……俺が、誰にも手出しさせねぇよ。そんなふうに、泣きそうな顔をしなくていい」

そう言いながらゆっくりと頭を抱き寄せられて、蒼甫の肩口に額を押しつける。

泣きそうなんかじゃないと、否定できなかった。

今、声を出そうとしたら、蒼甫の言葉を肯定するだけになりそうだ。きっと、かすれて震えた……みっともない声になる。

すっぽりと抱き込まれた腕の中は、これまで千翔が感じたことのない心地よさで……そろりと広い背中に手を回し、ギュッと縋りついた。

やさしいぬくもりに、全身を包み込まれているみたいだ。ミルクを飲ませた子猫が、千翔の両手に包まれて微睡《まどろみ》に落ちる理由がわかる。

深く息をして、もう声を出しても大丈夫だと自分に言い聞かせながら口を開いた。

「本当に、蒼甫がなんとかしてくれる？　おれは……どうすればいい？」

取り乱した姿を見せてしまったことが恥ずかしくて、顔を上げられない。蒼甫の肩に頭を預けたまま、ポツポツと尋ねる。

蒼甫は、どうするつもりなのだろう。

なんとかしてくれと他人任せにして頼るだけでなく、千翔自身も……なにかできるのなら、その術《すべ》を教えてほしい。

「まぁ、俺はここに勤めて長いし……ただの獣医よりは、なんとかできると思うぞ。ただ、今すぐにとは言ってやれないから、ちょっとばかり時間をくれるか」

「ん……」

喉の奥で答えて小さく頭を揺らすと、クシャクシャと髪を撫で回される。安堵したのは一瞬で、続けられた台詞に再び身を強張らせた。

「おまえは……とりあえず、誰にもソレを見られないようにだけ気をつけろ。この研究所内をうろついているのは、研究者って名前の変人ばかりだからな。檻《おり》に監禁されて、全身を弄《いじ》り回される……なんて、ごめんだろ？　脅しじゃなく、動物園の珍獣のほうがマシって目に遭わされるぞ」

具体的に、どんなことをされるのか言ってくれない……想像もつかないことが、なにより恐ろしい。

「わ、わかった。気をつける」

うなずいた千翔の背中を、大きな手がポンと軽く叩く。

虚勢《きょせい》を張ったつもりでも不安が滲んでいたのか、蒼甫は声のトーンを軽くして言葉を続けた。

「ユキヒョウの中でも、飛び抜けてキレーな柄の尻尾だもんな。変態の餌食《えじき》になるのは、忍びない」

「キレーって……蒼甫も、変態の一人じゃないのか？」

「そこはツッコむなよ。……まぁ、否定はできないが。カワイーよな」

軽く尻尾を弄りながら、苦笑交じりの声でつけ加えられた一言に、なんとも言いようのない不安が込み上げてくる。

本当に、この男を頼りにしても大丈夫か？

でも……蒼甫以外に誰がいるのだと、不安を押し戻す。代わりに助けてくれそうな人など、思い浮かばない。

「頼りにしてる……から」

蒼甫のシャツの脇腹部分を握り締めて、信じるからな……と態度でも伝える。

千翔は真剣だったけれど、

「そんなに可愛く言われたら、裏切れねーなぁ」

ククッと肩を揺らして言い返してきた蒼甫の声は、どうにも緊張感の足りない軽さで……一抹の不安が消えない。

尻尾に触っている手がそのままだから、尚更だ。

それでも、蒼甫のシャツを握り締める指から力を抜くことは、できそうになかった。

蒼甫に『ユキヒョウ』と推測された尻尾は、毛量が豊富な上に長い。コンパクトにまとめようとしても、難しい。

千翔の意思に反して、勝手に動いてしまうこともあるのだ。意識して動かすことはできないのに、予想外にふらふらされるのは厄介だった。

ただ、自室で四苦八苦しながら工夫した結果、隠す術は見出した。

大き目のパンツを穿いてウエスト部分から尻尾を背中に伸ばし、ベルトを緩く締めて固定する。ゆったりとしたシャツを着て、その上に白衣を着用し……誰にも尻や背中を触られなければ、なんとか誤魔化《ごまか》せる。

幸いなことに、千翔にはもともと、スキンシップを仕かけてくるような親しいつき合いの人間はいない。

他人との接触を避けても不自然さは感じさせないだろうし、一定の距離を保つのはさほど困難ではなかった。

それでも、寮の自室を出れば常に背後を警戒しなければならなくて、精神的な疲労は蓄積する一方だ。

「おまえたち……平和そうに寝てるな」

保育ケースの中で健やかに眠る子猫たちが、少しだけ羨ましい。

彼らは、なに一つ隠す必要がないので、無防備に四肢《しし》や短い尻尾を伸ばして心地よさそうな寝息を立てている。

「秋庭くん。空いてる保育ケースって、殺菌消毒してあるよね？」

ヘッドセット型の内線電話で誰かと話していた高梁が、千翔を振り向いて話しかけてきた。子猫に向かってつぶやいた言葉は聞かれていないはずだけれど、不意打ちにビクッと肩を震わせてしまう。

「は、はいっ」

ここにある保育ケースは、三つ。今は、そのうちの二つが空いている。

保育ケースで保護するのは生後三週間までの幼獣で、一ヵ月を過ぎれば別の飼育室に移動して担当者が変わるのだ。

「二つとも、紫外線照射もしてあります」

昨日の昼前、保育ケースが空いてすぐに掃除と念入りな消毒殺菌を施してある。

千翔の返事に、高梁は「さすが」と満面の笑みを浮かべた。

「気が利くわ。今出産中の子だけど、他の保育ケースに空きがないらしくて、予定外だけどここで引き受けることになったから。受け入れの準備をしておいて」

「わかりました」

本来なら、出産した母親が子の世話をする。でも、ここにいる動物たちは、遺伝子上の繋がりのない親子が大半なのだ。

絶滅したと言われている動物の子孫を辿り、DNAを抽出する。詳しい術は極秘事項なので公開されていないけれど、DNAに細工をして配列を弄って原種に近づけ、限りなく種の近い動物から摂取した卵子に核を組み込み、代理母の子宮に着床《ちゃくしょう》させる。

そうして……自然環境では絶滅した、もしくは間もなく絶滅すると危惧されている動物を人工的に繁殖させているのだ。

いくら種が近くても、産んだ子が自分と異なることは、本能で察せられるのかもしれない。

出産した代理母たちは八割近くが育児放棄をし、人工保育に頼らざるを得なくなる。そのため、出産が相次《あいつ》ぐ時季は飼育員の手が足りなくなり、こうして学生がアルバイトとして集められる。

雑用に近い飼育員とはいえ、研究者を目指す学生にとって羨望《せんぼう》の的である研究所でのアルバイトということで人気が高く、競争率は五十倍を超えることもある。

十八歳になるのを待って千翔が応募した今回も狭き門で、書類審査や面接を経て、最終的に十人程度の採用となった。

面接時の建前《たてまえ》とは裏腹に、純粋に動物が好きだからというよりも、将来的なコネクション作りを目的とした学生が多いと……高梁がポロリと零したことがある。岡田と森川が、ここで幼獣の世話をするよりも他の研究室での軽作業を好むせいもあり、小言を漏らしたくなったのだろう。

今日もあの二人は、本来の仕事を放棄している。ゲート前にある集合ポストから郵便物を持ってきたかと思えば、仕分けして各研究室に配りに行く……と言い残したまま、一時間以上が経つのに戻ってこない。

千翔にしてみれば、高梁と二人だけなら余計なストレスが少ないので幸いだ。

昨日の『C－015W』でのトラブルは、立ち入ってはいけないところに無断侵入した挙《あげ》句《く》、備品を破損したという……アルバイト学生にとって、大きなマイナス評価となる不手《ふて》際《ぎわ》だ。

あの場ではなにも言わなかったけれど、狩野が上層部に報告すると審議委員会にかけられる可能性もある。

だから、千翔を相手にわざわざあの二人が蒸し返すことなどないとは思うが……培養ケース云々《うんぬん》と言われた時に、ポーカーフェイスを取り繕って「なにかあったっけ」と惚けるよう、心構えをしておかなければならない。

蒼甫が右手の人差し指に貼りつけてくれた、医療用の特殊スキンテープをチラリと見下ろして、コッソリため息をついた。

元凶《げんきょう》であるこの傷が治れば、尻尾も消えるかも……？　などと期待してみたが、そんなに都合よく事が進むわけはないか。

「今から迎える子は、なにですか？」

保育ケースの蓋を開け、保湿と保温のための布を敷き詰めて幼獣を迎える準備をする。

滅菌済の表示がある二つ目のビニール袋を破いたところで、やって来る予定の種はなんだろうと疑問が湧いた。

「ユキヒョウらしいわ」

千翔はなんの気なしに尋ねたのだが、高梁の答えに心臓がトクンと大きく脈動した。

トクトク……激しい動悸を、耳の奥に感じる。

ついでに、背中に押し込めた長い尻尾がピクピク震えてしまい、必死で「落ち着け」と自分に言い聞かせた。

そのユキヒョウの『尾』を、千翔が隠し持っていることなど高梁は知る由《よし》もない。予定外のユキヒョウをここに受け入れることになったのは、偶然であり運命のイタズラだ。

「七十年くらい前までは、野生でも少しずつ数を増やしていたんだけど……この二十年くらいで、野生のユキヒョウはほぼ絶滅状態なのよね。生息環境の悪化と自然出生数の低下が原因だろうけど、あんなにキレイな子たちなのに、地球上からいなくなっちゃうのはもったいない。秋庭くんも、そう思うでしょ？」

「そうですね。おれも、あの毛皮は、すごくキレイだと思います」

自分を褒めるみたいで複雑な気分だが、確かにユキヒョウの毛皮は美しいと……尻尾が視界に入るたびに思う。

寒冷地の高山に棲む動物の特徴として、防寒に適したたっぷりの毛量を誇り、触り心地も抜群だ。

「んー……でも幸いにも、こうして数を増やす方法が確立されたのは、和久井博士のおかげね。絶滅種を甦らせる……なんて、数十年前まではＳＦ映画のモチーフでしかなかったのに、今じゃ高確率で生まれてるからなぁ。大きな課題は、二世代……三世代と、続かないことだな」

和久井博士の確立した遺伝子配列の組み替え手法は、引き継いだ研究者たちが改良を加え、今ではほぼ確実に絶滅種を復活させることができる。

ただ、その種を繁殖させようと試みても、胎児《たいじ》が予想どおりに育たなかったり死産だったり……と、種の継続が困難なのだ。

千翔が子供の頃、交流会で出逢った『そーすけ』は、仲間を増やしてあげてと言った千翔に『指切りげんまん』してくれたけど、そう簡単なことではないのだと……今の千翔なら、わかる。

一代限りでも、絶滅種を誕生させることができる技術は革新的なのだ。人間の手で容易く増やすことが可能なら、そもそも種として絶えていなかっただろう。

「倫理的な問題で絶対的な禁止事項だけど、異種配合も理論上は可能なんだよね。ハクチョウと白馬のハイブリッドで、飛ぶことは無理だけどペガサスらしきものを生み出すこともできるし……双頭《そうとう》の鷲《わし》を人工的に作るのも、怪奇《かいき》映画に出てくるような人狼でさえ夢物語じゃない」

「…………」

高粱は千翔の身に起きている非常事態を知らない。だから、話の流れで異種配合や人狼と口にしただけで、特別な意味があるわけではない。

頭の中ではわかっているのに、うなずいて相槌《あいづち》を打つことさえできなかった。

幸いなのは、千翔が無愛想で口数が多くないのは日常なので、態度の不自然さを高梁に感じさせないあたりか。

「近年の和久井博士は、絶滅種の復活も禁止事項にしたほうがいい……なんて言い出して、学者たちと大激論してたけどね」

「あの、その和久井博士は」

彼の名前が話題に上がった今が、現在の動向を尋ねるチャンスでは。そう思い至って、高梁に質問を投げかけようとした。

けれど、タイミングよく……千翔にとってはタイミング悪くドアが開く音がして、「失礼します」という声が聞こえてくる。

途中で言葉を切って振り向くと、移動用の保育ケースを大切そうに抱えた白衣の男性が足早に入ってきた。

「あ、いらっしゃい。待ってました、ユキヒョウのベビーちゃん」

高梁が腰かけていた椅子からそそくさと立ち上がり、保育ケースを覗き込む。

いつもは凛々《りり》しい目尻が嬉しそうに下がっていて、手のかかる出生直後の子を面倒がるでもなく、歓迎を表していた。

「予定外にすみません、高梁先生。お願いします。二匹です。生体データを含む詳しい情報は、こちらのファイルに」

「はいはい、お任せください。体重は……四百七十三グラムと、五百二十グラム。正常値ね。元気な子たちだ」

二人は、保育ケースを挟んで引き継ぎのために話し合っている。

千翔は、少し離れた位置からケースの中にいる生まれたての幼獣をチラリと見遣り……自分の尻から生えているアレと同じ柄だな、と密やかな吐息をついた。

か細い幼獣の鳴き声が響き、静かだった室内の空気が一変している。高梁の意識は完全にユキヒョウの子たちに向けられていて、和久井博士に関する話題など持ち出せる雰囲気ではなくなってしまった。

□□□

ピッという音と共に小さな緑色のランプが点り、ゲートのロックが解除されてバーが開いた。

「本当に、おれが登録されてるんだ」

試してみるまで半信半疑だったけれど、蒼甫の言葉は嘘ではなかったらしい。本来なら立ち入ることのできないエリアに、あっさりと入れてしまった。

ゲートをくぐり、膝あたりまで丈のある白衣を着た千翔は、うつむき加減で足早に廊下を歩く。

昼夜を問わず活動している研究者は多いはずだが、このあたりのエリアに人影はなく、連絡通路でも誰ともすれ違わなかった。

それでも、一応の用心はするべきだ。

今の千翔を目にしても、衣服の下に隠したアレを看破《かんぱ》する人はもちろん、『秋庭千翔』だと気づく人もいないとは思う。けれど、念のため気配まで殺して、廊下の最奥にある診察室を目指した。

白いドアの前で足を止めて軽くノックすると、さほど待たされることなく内側から開かれて、長身が姿を現す。

運動場で逢う時のラフな服装ではなく、濃色のスラックスに白いシャツ……袖を通した白衣は、千翔とは比べ物にならないほど堂に入っている。

「迷わなかったか？」

「昨日の今日だし……一回来てるから、迷わない」

蒼甫は、可愛げなく答えた千翔に「ナビいらずだな」と笑い、戸口に立つ身体をずらして室内に入るよう促した。

千翔が足を踏み入れると、ドアが閉められて……ようやく肩の力を抜いた。

蒼甫と二人きりの密室だ。これでもう、うっかり尻尾がはみ出してしまっても、焦る必要はない。

緊張を解いた肩の筋肉が、張っている。自分で思うよりもずっと、力んでいたらしい。

「今日一日で、なにか変わったことはあったか？」

「……なにも。誰にも、怪《あや》しまれなかったし」

前を歩く蒼甫に答えながら、消毒薬の匂いが漂う部屋の半ばまで歩を進める。

デスクの端に置いてあった眼鏡を手に持った蒼甫は、それを装着しながら千翔を振り向いた。

「じゃ、脱げ」

「な、なんで？」

唐突な一言に、思わず白衣の合わせをギュッと握り締める。チラリと見上げた蒼甫は真顔で、千翔をからかっている様子ではないけれど……顔を合わせるなり脱げと言われても、黙って従えるわけがない。

「なんでって、診察以外になにがある。俺に透視能力はない。見ないとわからん」

「あ……診察」

理路整然とした言葉に、白衣を握っていた手の力を抜いた。

そうか。……そうだった。

蒼甫は幻獣医で、今の千翔は身体の一部が幻獣に……というより、存在自体が珍獣に近い存在なのだ。

「今日一日で、俺なりに可能な限り調べてみたが……いくつか、気になるものがあったからな。昨日よりは落ち着いてるだろ？　詳しく検分させてくれ」

「うん」

蒼甫が『きちんとした幻獣医』という印象を千翔に与えるため、白衣や眼鏡というアイテムを身に着けたのなら大正解だ。

彼がそこまで計算しているのか否か、こちらを見る目から読み取ることはできない。

ただ、口調は軽いものではないし、千翔をからかおうとする笑みを浮かべてもいないから、ホッとした。

「ユキヒョウの尾は、ネコ科の中でも長くて毛量も豊富だ。服の内側に押し込めていたら、窮屈《きゅうくつ》だっただろ」

「ん……確かに窮屈だったけど、それよりも、背中とか……毛の当たるところがくすぐったかった」

苦い口調で答えた千翔に、蒼甫は「なるほど。そうだよな」と笑った。

早く脱げと急かすでもなく、千翔が自ら行動するのを待ってくれているのだとわかる。

いつまでもグズグズするほうが恥ずかしいと気づき、意を決した千翔は蒼甫の前で白衣を脱ぎ落としてコットン素材のパンツも足から抜いた。

「回れ右」

そう言いながら肩を掴まれて、身体を反転させられる。直後、予告なくスルリとシャツの裾を捲り上げられてしまい、グッと唇を噛んだ。

スカートを捲られて悲鳴を上げる、少女でもあるまいし……という、男としてのささやかなプライドが千翔から文句を奪う。

ただ、頬がじわりと熱くなるのは止められない。

「ッ！」

唇を噛み締め直して、足元を睨みつける。

……違う。この熱さは羞恥なんかではなく、無遠慮な蒼甫に対する憤りを耐えているせいに決まっている。

女性ではないのだから、恥ずかしくなんかない。

険しい表情で、懸命に自分へ言い聞かせている千翔をよそに、蒼甫は淡々とした声で分析を口にする。

「こうして見る限り、特に変わったところはなさそうだな。サイズも、昨日のまま……育っても縮んでもいない、か。詳しく検査したいから、血を一滴もらうぞ。指先からと……一応、コイツの先っぽからも」

コイツ、と言いながら尻尾を掴まれる。

「っ！　……う、うん」

漏れそうになった悲鳴をギリギリのところで呑み込み、なんとかうなずいた。

動揺を悟られてなるものか。そう拳を握って、コッソリ深呼吸をする。

蒼甫は、千翔に触れても平然としているのに……自分だけ鼓動を乱して顔を紅潮《こうちょう》させているなんて、悔しい。

「まぁ、どこから採血しても変わらない……とは思うが、念のためな」

血は全身を循環しているのだから、どこから採血しても同じはずだ。

ただし、今の千翔は尻尾の部分だけが違うという可能性も否定できないという蒼甫の言い分は、理解できる。

コレ自体が、あり得ない現象なのだ。あらゆる事態を想定するべきだろう。

「ついでに、毛も何本かもらうか。とりあえずＤＮＡを調べて、実際のユキヒョウのものと比較する。あとは、ああ……指先の切り傷は？　化膿《かのう》してないか？」

「たぶん……。もう痛くないし、あれからは熱も出てない」

高機能の医療用スキンテープは、細菌感染の防止に加えて傷の治癒《ちゆ》を促進する機能も備わっている。千翔が負った程度の切り傷だと、特別な薬などを塗らなくても一日で完治する優れものだ。

「じゃ、そこの椅子に座れ。まずは、指先だ」

小さな丸椅子に誘導されて、言われるままに腰を下ろす。

人差し指の指先に貼ってあったスキンテープを剥がした蒼甫は、「綺麗に治ってるな」と唇を綻ばせた。

「ちょっとだけ、痛いぞ」

「う、うん」

手慣れたふうに採血用の針を親指の先端に刺されると、チクリと痛みが走る。一、二滴スポイトに採り、小さなテープを貼って止血した。

「よし。今度は、ソレだ」

両肩を掴んで引き寄せられると、キャスターが床を滑って正面の椅子に座っている蒼甫と密着する体勢になる。

長い脚のあいだにすっぽりと入り込み、両腕の中に抱き込まれるような状態で尻尾を掴まれた。

「さすがに毛が深いな……ふわっふわだ」

尻尾の毛を指で掻き分けて、根元の皮膚を探りながら頭の脇で低い声が短く零す。千翔に話しかけているのではなく、独り言の響きだ。

ふわふわ……と。そんな一言にどことなく楽しそうな空気を感じるのは、気のせいではないだろう。

もぞもぞ、さわさわ……尻尾全体を、必要以上に触られているとしか思えない。

「蒼甫。そんなに触らなくても、いいんじゃ……」

「ああ？　あー……まぁ、とりあえず採血だな」

チクリと、針が刺された感覚がして……これで、ようやく解放される。そう安堵しかけたのに、採血が終わっても蒼甫の手は離れていかない。

千翔を両腕で抱き込むような体勢のまま、尻尾を握ったり指先で毛を梳《す》いたり……撫で回している。

「蒼甫っ。だから、なんでそんなに触ってんだよ」

「触診《しょくしん》だ」

そう言われてしまうと、もう触るなと手を振り払えない。幻獣医として、なにか考えがあるかもしれないのだ。

「ッ、ふ……」

千翔は蒼甫の腕の中で身体を固くして、触れてくる手を意識しないよう……必死で頭から追い出し、気を逸らそうとした。

むずむずして、くすぐったくて……そんなの全部、気のせいだ。隠す術を探るため、自分で触っていた時と変わらない。

頑張って自分に言い聞かせているのに、蒼甫の手に触られていることを思い知らせるようにグッと指に力を込められると、勝手に身体が震えてしまう。

尻尾から、熱が滲み出ているみたいだ。どんどん湧き上がって、ほんの少しの刺激で溢れそうになる。

もうダメだ。限界……。

「そ、そーすけ……も、尻尾……ヤダ」

訴えた声が揺らぐのを、上手く隠せなかった。子供のような、たどたどしい口調で「手、離してよ」と懇願《こんがん》する。

首から上が、火を噴きそうに熱い。

きっと、頬が紅潮していると想像がつくから……蒼甫の肩口に額を押しつけて、みっともない顔を見られないように隠した。

直後、縋りついた厚い肩がビクッと強張ったような気がしたけれど、余裕のない千翔にはハッキリわからない。

「ッ、おまえ……わざとじゃないなら、タチが悪ぃ」

「なっ、に？　なにが？」

低いつぶやきは、感情を抑えた苦い声だ。責められているように感じて、千翔は蒼甫の肩に押しつけた頭を小さく揺らした。

自分のなにかが、気に障ったのだろうか？

止めどなく尻尾から湧き上がる、熱による混乱も相俟って、

「……ごめんなさい」

と、身を震わせる。

自慢できることではないかもしれないが、千翔は他人の感情に疎いという自覚がある。

大人たちは、目の前に差し出された課題をただひたすら解いていれば「それでいい」と満足そうに言ってくれたから、コミュニケーションを取る必要もない。人の顔色を窺う理由もなかったし、そんなことは望まれもしなかった。

スキップを重ねたスクールでは、最年少の千翔が成績優秀者として表彰されることも多々あり、年上の同級生たちの反感を買っていることは知っていた。けれどそれも、交流する気など元から皆無だったのでどうでもいいと無視していた。

悪意も、好意も、どうでもよかったのに……蒼甫に嫌われるのは「嫌だ」と感じる。

「謝ることじゃないだろ。おまえは、悪くねーし」

苦笑を滲ませた声でそう言いながら、ポンポンと宥める仕草で背中を軽く叩かれる。

気安く触れてくる手は不快なものではなく、やはりなんとなく懐かしい。

蒼甫は、最初から他の人たちとなにかが違っていた。

名前や遠慮のない接し方が、和久井博士と同じというだけではなく……千翔の感情を波立たせる。

蒼甫が持つ「なにか」の正体は不明でも、千翔にとって『その他大勢』の括りに入れて、無視できない存在であることだけは確かだ。

蒼甫の大きな手は、あたたかくて……胸の奥をザワザワ騒がせて、落ち着かない心地にさせられる。

自分で自分がわからなくなりそうで怖いのに、触られることに嫌悪感はない。だから……やっぱり、怖いかもしれない。

顔だけでなく、全身が熱い。こんな熱は、知らない。

説明のつかない感情など初めてで、戸惑うばかりだ。

「蒼甫……熱い。触られてたら、どんどん熱くなる。……なんで？」

かすれた声で訴えると、千翔の背中を抱く蒼甫の手に、グッと力が増した。耳のすぐ傍で、大きく息を吐いたのがわかる。

「蒼甫？」

「すまん。俺が弄り回したからな。……生理現象だ」

「え？　あ……」

腿の上に手が置かれたかと思えば、スルリとTシャツの裾をくぐって足のつけ根に潜り込んでくる。

息を呑んだ千翔が、ビクッと身体を震わせたのは伝わっているはずなのに、蒼甫は手を引こうとしない。

千翔自身が必死で気づかないふりをしていた熱の源に、躊躇する様子もなく長い指が絡みついてきて、混乱が一気にピークへと達した。

「あ……ッ、ッ！」

「これじゃ、動けないだろ。……自分でするか？」

「し、しない。できな……い」

蒼甫の目の前で、自分で……なにをしろと？

できるわけがないと、泣きそうになりながら首を横に振る。でも、それなら……この熱は、どうやって鎮めればいいのだろう。

こんなふうに逼迫した状態になることなど、初めてだ。男としての生理現象は理解していても、放っておけば自然と排出される。自慰行為を試したことはあっても、さほど必要性を感じなかったので自分で触ることも滅多にないし、ましてや他人の手に触れられるなど考えたこともなくて……。

恐慌状態に陥りかけた千翔を、屹立に絡む長い指がそっと動いて現実へと引き戻す。

「そ、蒼甫。……どう……する気？」

「育てた責任を取ってやる。気にするな。健康な男の証拠だ。目を閉じてたら、俺の手だってわかんないだろ。耳も塞いでいいぞ」

「……ッ、ぅ」

言葉の意味を明確に捉えられないまま、小刻みに首を左右に振る。自分よりずっと長い指、大きな手のひら……紛れもなく、蒼甫の手だ。目を閉じたくらいで、わからなくなるわけがない。

耳を塞ぐ？　蒼甫の声が聞こえなくなるのは、怖い。

そんなことくらいで、誤魔化せない。千翔の熱を煽るのは、間違いなく蒼甫だ。

身を固くする千翔をよそに、蒼甫の指がゆるゆると動かされた。

「ぁ、あ……っ、ン」

この手が、蒼甫のものだから……吐息が喉を焼くように熱い。自分で触れても、こんなふうにならない。

動悸は激しくなる一方で、身体の内側いっぱいに熱が膨れ上がり、ほんのわずかな刺激で弾け飛びそうになる。

ビクビクと身体を強張らせて奥歯を噛んでいると、抑えた声で蒼甫がつぶやいた。

「ぬるぬるしてきた。……もうちょっとだろ。我慢しなくていい」

「っ、で……も。こんなの、ッ！」

このままだと、蒼甫の手を汚す……。

泣きそうになりながら「離してよ」と訴えたのに、蒼甫は無言で絡みつかせた指に力を込めた。

指の腹が敏感な粘膜の先端をかすめた瞬間、ギリギリのところで耐えていた堤が一気に崩れ落ちる。

閉じた瞼の裏側で、白い光がチラチラと瞬《またた》いた。

「っふ……あ、あ……ッ！」

蒼甫の肩に縋りついて、全身を震わせる。自身の手で『処理』するのとは、全然違う高みまで押し上げられ……一気に滑り落ちる。

呆然自失で脱力しかけた千翔の身体は、「おっと」という蒼甫の低い声と共に、しっかり抱き留められた。

「そ……すけ」

荒い息をつきながら顔を上げると、霞む視界に蒼甫の顔が映る。思ったより近くにあって、眼鏡の薄いレンズ越しに千翔を見詰めていた。

男らしく端整な容貌が、もっと近づいてくる……？

「ぁ……」

唇に、やんわりとした感触が押しつけられる。カサカサに乾いているから触られたくない……と思ったら、ペロリと濡れた感じが？

千翔が、蒼甫の白衣の袖口を握る手に力を入れた途端、触れていたぬくもりがパッと離れて行く。

「っと、すまん。なんか……つい。くそっ、なにやってんだ俺は」

蒼甫は苛立ちを含んだ声でそう言うと、千翔の肩を掴んで引き離す。

言葉もなく目を瞠った千翔は、顔を背けて立ち上がった蒼甫がどんな表情をしていたのか、わからなかった。

ハンドタオルで手を拭い、千翔と目を合わせないまま、

「もうズボンを穿いてもいいぞ」

と、感情の窺えない声で言った。

千翔は、未だに思考が停止している。無言でコクンとうなずいて、蒼甫の言葉に従った。

腰かけていた丸椅子から立つと、床に脱ぎ捨てていた下着とパンツを拾い上げ、機械的な動きで身に着ける。

そうして身なりを整え終えると、手持ち無沙汰《ぶさた》になってしまい立ち尽くした。

「また明日の夜、これくらいの時間に来てくれ。DNA検査の結果が出ているだろうし、変異が他のところに影響しないか経過観察をしたい」

「他の、ところ……？」

ぼんやりとしていた頭が、その言葉で現実へと引き戻された。確かめるのは怖いが、聞き返さずにいられない。

「尻尾だけで済めばいい、ってことだ。傷から、細胞核が血液に混じり……簡単に言えば、ウイルス感染したようなものだろうからな。脅すみたいだが、身体の他の部分にも影響が出ないとは言いきれん」

「そ、そんな」

絶句した千翔は、思わず両手を見下ろす。指の形も……爪も、正常だ。見える範囲に限っては、毛深くなっているわけでもない。

今度は両方の耳に触れて、今のところ大丈夫そうだと確かめる。

それでも、千翔に背を向けたまま言葉を続ける蒼甫の声が硬いせいで、安心することはできなかった。

「なんの目的で、どんなものを培養していたのか……助手にも知らせていないのなら、どうせロクなもんじゃねーな。研究室の主に問い質すのが一番だが、ヤツが戻ってくるのは明後日の予定だ。内容が内容だから、顔を突き合わせて話したい」

ハッキリとは口にしないけれど、蒼甫の語り口は『研究室の主』がどんな人物か、知っているものだ。

「蒼甫、なにか知ってる？」

おずおずと尋ねた千翔に、かすかに肩を震わせた。小さく息をつき、千翔の疑問に答えてくれる。

「あー……今の段階で、確証のないことは言えないからなぁ。思わせぶりな言い回しをして、すまん。後で、やっぱり違ってたって撤回するのはみっともないし……俺はおまえに、もう嘘はつかない」

「……嘘って？」

確証のない推測を聞かせて、結果的に嘘だったという事態を避けたい……という意味にしては、なんとなく大仰な台詞だ。

聞き返した千翔に、どう答えようか迷っているらしい沈黙が漂う。少し間を置き、「嘘つき呼ばわりさせないってことだ」と、つぶやいた。

「昨日も言ったろ。俺が、なんとかしてやる。誰にも手出しさせない。とりあえず千翔は、引き続き尻尾の存在を誰にも知られないようにだけ気をつけろ。で……嫌かもしれないが、明日の夜も来てくれ」

「嫌じゃないっ」

気まずそうな声でつけ加えられた言葉に、反射的に言い返してしまった。

咄嗟に蒼甫の腕を掴むと、驚いた顔で千翔を振り返る。

「あ……ホントに、嫌じゃないから。その……おれが反応しちゃったせいで、蒼甫に変なコトさせて、ごめん」

「おまえなぁ、なんでゴメンなんて……っ、ああちくしょ、なにも知らないガキに悪いことをした、変質者の気分だ。まぁ……おまえが気にしてないなら、いい。もうこんな時間だ。寮に戻って休め。夜のほうが誰かと鉢合わせする危険はないが、日中でも……もしなにかあれば、いつでもここに来い」

「うん。……お邪魔しました」

苦い調子で言いながら、ガリガリと自分の頭を掻いた蒼甫にうなずいて、踵を返した。

ハンガーラックにかけてあった白衣が目に留まり、尻尾を隠すのに必要だ……と、のろのろ肩にかける。

意識してゆっくりした動きでドアを出ると、廊下を数歩進み……突如、膝の力が抜けた。

廊下の端でしゃがみ込んだ千翔は、熱を帯びている頬を両手で挟み込むようにして叩く。

「あれは生理現象で……蒼甫は、責任を取っただけ……だよね」

それ以外に、なにがある？

千翔だけが翻弄《ほんろう》され、みっともなく乱れて……蒼甫の手を汚してしまった。やはり、ごめんと言わなければならないのは、こちらだろう。

思い出しそうになった自分の痴態《ちたい》を、パチパチと頬を叩くことで記憶の底に押し込める。

ふと指先が唇に触れ、動きを止めた。

「でも、なんか……触った？」

首を傾げながら、渇いた唇を指の腹でそっと辿る。

違う。これじゃない。指より、ずっとやわらかな感触だった。

しかも、渇きを癒すように濡れた感触が……？

「なんだっけ。あれ？」

これまでにない、あまりにも強烈な事態に頭が惚けていたせいで、あのあたりの記憶が曖昧だ。

精密機器の高性能なメモリのようだと言われていた千翔の記憶が、これほどあやふやになるなど初めてで、混乱に襲われる。

他にも、蒼甫とのやり取りに違和感があった気がするけれど……。

「あ……。嘘は、『もう』つかないって言ったんだ」

思い出した。その後の会話に気を取られて、蒼甫に聞き返せなかったけれど、そう耳にした気がする。

あれではまるで、これまで千翔に嘘をついたことがあるみたいな口ぶりではないだろうか。

蒼甫が、言い誤っただけ？

それとも、千翔の記憶が混乱している？

あの話をしている時は、ずっと背中を向けられていた。顔を見ていないので、蒼甫の真意はまったくわからない。

「……蒼甫に関することばかりだ」

自分の感情も含め、説明のつかない不可解なものは、すべて蒼甫が関係していると言っても過言ではない。

やはり、あの男に深く係わるべきではなかった……などと、後悔しても今更だ。異常事態に陥った際、蒼甫を選んで助けてと縋りついたのは千翔自身なのだから。

どうして、蒼甫だったのか。今でも謎だ。

蒼甫が、「なんとかしてやる」と言い切れる理由も、結局千翔には明確にされていない。

それなのに千翔は心のどこかで、『蒼甫がなんとかしてくれる』と信じているのだ。根拠など、どこにもないのに……。

考えれば考えるほど、自分でもわけがわからなくなる。

「なんか、なにもかも矛盾してる……だろ」

蒼甫のせいだ。蒼甫が、千翔を変にしている。

奥歯を噛んですべてを『蒼甫』に責任転嫁《せきにんてんか》すると、しゃがみ込んでいた廊下から立ち上がった。

きっと、今の千翔のとんでもなく不審な行動の一部始終は、監視カメラに映っている。警備員が様子を見に来る前に、このエリアを出よう。

寮の部屋に戻って、シャワーを浴びて眠り……いつもと変わらない朝を迎える頃には、きっとこの混乱も収まっているはずだ。

そうでなければいけない。

精密機器のようだと言われる『秋庭千翔』が、意味のわからない動揺と混乱に感情を乱されるなど、あってはならないのだ。

そんな千翔は、誰も望んでいない。

コントロール不能な感情のせいで、自分に『秋庭千翔』としての価値がなくなってしまうのは、怖かった。

《六》

突如出現した尻尾という厄介な異物とのつき合いも、四日目となればそれなりに慣れてしまった。

人間の自分では、一生持ち得るはずがなかった尻尾は、まだ目も開ききらず、しょぼしょぼの体毛に包まれている生後三日の子猫たちと同じ柄で……自分の持ち物のほうが、未熟な本物より立派だ。

まさか、似通った部分を本能が嗅《か》ぎ分けているわけではないはずだが、預かったユキヒョウの幼獣はやけに千翔に懐いてくれている。

定時に千翔が保育室に顔を出した途端、ピャーピャーと一際高い声で鳴いて、ミルクを催促してくるくらいだ。

二匹のいる保育ケースからはこちらが見えないはずだし、まだ高梁に挨拶をする前なのに……どうして千翔がやって来たことがわかるのだろう。

「おはよう、秋庭くん。チビちゃんたちが、さっそくミルクをお待ちだわ。明らかに、私があげるより秋庭くんがあげたほうが、飲みっぷりがいいんだよね」

高梁は苦笑を浮かべながらそう言って、ユキヒョウがいる保育ケースを親指で指す。

「おはようございます。はい……すぐ、準備します」

生まれてすぐの子猫用ミルクを哺乳瓶に作っているあいだも、保育ケースをよじ登ろうとするかのように小さな手足をバタつかせながら、急かしてくる。

「急ぐなって。体重を計って、記録してからだ」

認識用の色の違うコードを前脚に巻きつけている子猫を、まずは一匹ケースから抱き上げる。

残された方が、ますます激しい鳴き声を上げて存在を主張しているみたいだ。

「順番だろ。ちょっと待ってろ」

生後数日の幼獣でも、身体能力はただの猫とは比べ物にならない。脚の太さも、猛獣であることを誇示《こじ》するしっかりとしたものだ。

這い上がって、うっかり落ちたりしないよう保育ケースの蓋を閉めておいて、抱き上げている子猫を籠状のスケールに乗せた。

「……六百三グラム。順調に育ってるな」

十日もすれば、千グラムを超えるはずだ。まだよく見えないはずだが、目も半分ほど開いている。

千翔の手に細い爪を立て、やわらかな肉球を押しつけながら用意したミルクを飲む姿は、なんとも可愛い。

「すっかり手慣れたわね。ちゃんとした保育士さんだ。最初は触るのも怖いって感じでビクビクしていて、本当に大丈夫かな？　って思ったけど」

「あれは……すみませんでした。毎日世話をしていたら、一応慣れます」

褒めてくれた高梁に気まずい心情で答えて、ミルクを飲み終えた子猫をトイレスペースに移動させる。

親がいれば舐めて排泄を促すのだが、人工保育の子猫たちは人間が手助けをしなければならない。

これも、初めは恐る恐るで……手に尿をかけられては途方に暮れたりしたのだが、危なっかしさを残しつつ、高梁の補助がなくてもそれなりにこなせるようになったと思う。

体毛についた汚れを湿らせた脱脂綿《だっしめん》で丁寧に拭い、ケースに戻して……もう一匹の子猫を手のひらに掬い上げたところで、岡田と森川が姿を見せた。

五分ほどの遅刻だが、悪びれた様子もなく「おはよーございます」と室内に入ってくる。

「こら、遅刻」

そう咎めた高梁にもヘラリと笑い、「すみません」と反省の窺えない軽い口調で答えて、頭を掻いた。

「ユキヒョウのミルク、秋庭がやっちゃったのか」

「こいつら、カワイーもんな」

先に来て、子猫の世話をしている千翔が悪いような言い様に、視界の端に映る高梁は苦笑を滲ませている。

この二人が問題児であることはわかっているはずだが、必要以上に口出ししてこない。ただ、一度だけ「バイトの査定には反映させるけどね。全部、きちんと見てるから」と、淡々と口にしたことがある。

ある意味とてつもなくドライな態度は、口うるさくその場で小言《こごと》を零すよりも怖いかもしれない。

そのあたりをわかっていないらしい二人は、やはり『学生アルバイト』なのだろう。

千翔も、自分に社会性があるとは言い難いと自覚している。

ただ、早くから大勢の大人の中で過ごしてきたので、表面上のわかりやすい印象に惑わされることなく、本当に厳しい人がどんな人なのかは理解しているつもりだ。

「岡田くんと森川くんには、奥のケージの子たちをお願いするわ。そろそろ離乳食だから、レシピ通りに作ってみて。できたら、一度私に見せてくれる？」

もうすぐ生後一ヵ月になる、カラカルの子が二匹いる奥のケージを視線で示す。

尖った耳が特徴のカラカルの幼獣は、広いケージ内で元気にじゃれ合いながら走り回っていた。

「はーい」

「わかりました」

やはり軽い調子で返事をして、ケージの前にしゃがみ込んだ。

二人の千翔に対する態度は大人げないし、隙があれば手を抜こうとするいい加減なところも多々見られる。

けれど、子猫に関しては変な心配をする必要もなく信用して任せられると、高梁もわかっているのだろう。

おっかなびっくりだった千翔とは違い、初めからきちんと子猫の世話ができていたのだ。

「秋庭くんは、ユキヒョウが終わったら……と、ごめん。着信だ」

高梁は言いかけていた言葉を途中で切って、内線電話に応答する。

イヤホンと小型マイクを使う通信機器は、周囲の雑音をほとんど拾わないと知っているので、遠慮することなくユキヒョウの世話に戻った。

一匹目と同じ手順で排泄と授乳を終えて、保育ケースに戻す。

ユキヒョウ用のデータファイルに細かな数字を記録すれば、ひとまず終了だ。これを、生後一週間までは二時間おきにしなければならないのだから、出産が相次ぐ時季は人手不足になるのもわかる。

「終わった？」

「あ、はい」

千翔の手が空くのを、待っていたのだろうか。絶妙なタイミングで声をかけられて、パッと高梁に顔を向けた。

なんだろう。いつになく厳しい表情になっている？

「森川くんと岡田くんも、途中でもいいから……ちょっとこっちに来てくれる？」

千翔だけでなく、森川と岡田も呼び寄せる。

雰囲気が違うことを察したのか、さすがの二人もどことなく緊張感を漂わせて千翔の隣に並び、椅子に腰かけている高梁に向き合った。

「君たち三人、三日前にＣ－０１５Ｗの研究室に行ったよね？」

静かな声で問いかけられて、隣の森川がピクッと肩を震わせたのがわかった。

千翔も心臓がドクドク脈を早めるのを感じたけれど、緊張を顔に出さないよう意識しながら高梁に答える。

「……はい。狩野さんに呼ばれて」

雑用を手伝ってほしい、という狩野の要請を千翔たちに伝えたのは高梁だ。改めて確認する意図がわからなくて、動悸が更に高まる。

この緊張の理由は、疚《やま》しいところがあるせいだ。

培養ケースの中のシャーレやプレパラートを破損したことは、岡田と森川も忘れてなどいないはずで……どんな言葉が続くのか、身を固くして待つ。

高梁は、並んで立つ千翔たち三人をゆっくり見回す。表情はなくても、嘘は許さないとでも言いたげな鋭い目だ。

千翔はポーカーフェイスを取り繕っているつもりだが、岡田と森川がどんな顔をしているのかは確かめられない。

高梁はふっと短く息を吐き、淡々とした調子で言葉を続けた。

「今朝、出張で外に出ていた先生が帰ってきたそうなんだけど、自分が不在のあいだに立ち入った人に聞きたいことがあるんですって。研究室まで来てくれ……って連絡があったから、行ってきて」

「……はい」

研究室でなにか不手際があったのかと、問い質すでもない。問題があるなら、できる限り自分たちで対処しろと、こちらを見る目が語っている。

そうして、突き放しているようで……。

「私の助けが必要なら、声をかけてね」

椅子を半回転させてデスクに向き直りながら、短くつけ加えた。

ギリギリまで自分たちでどうにかして、それでもどうにもならなければ手を差し伸べるからと……最終的には、助けようとしてくれている。

思わず岡田と森川に顔を向け、無言で視線を交わして、高梁の背中に頭を下げた。

「じゃあ、行ってきます」

自分たちの言葉に、高梁は背中を見せたまま、

「はいはい。行ってらっしゃい」

と、普段と変わらない口調で返してきた。

C－015W……か。

白衣の合わせをギュッと握り締めた千翔は、蒼甫の顔を思い浮かべて緊張を漲《みなぎ》らせる。

あの研究室の主を知っているらしい蒼甫は、苦い顔で『ヤツ』と呼んでいた。詳しく聞かされてはいないけれど、どうせロクでもない研究を……などと零し、あまりいい感情を持っているようには見えなかった。

研究者という名前の変人。

監禁されて、全身を弄り回される。

脅しじゃなく、動物園の珍獣のほうがマシって目に遭わされる。

千翔が思い出したのは、尻尾の存在を誰にも知られないよう注意された際、蒼甫から聞いた言葉の数々だ。

「なんで、こんな時に……」

どうして、このタイミングで記憶を掘り起こしてしまうのだろうと、自分の間の悪さに眉を顰める。

普通にしていたら、誰にもわからないはずだ。千翔が服の内側にユキヒョウの尻尾を隠しているなんて、疑いもしないだろう。

そう自分に言い聞かせても、頬の強張りは隠せていないらしくて……。

「呼び出された理由は、やっぱアレかな」

人工島を繋ぐ連絡通路を重い足取りで歩きながら、森川がそう話しかけてくる。

千翔が答えずにいると、斜め前を歩いている岡田が口を開いた。

「つーか……プレパラートとかシャーレを割ったのは秋庭なんだから、俺たちは関係ないだろ。先生に聞かれたら、そう言えよ」

千翔の緊張の理由は別のものなのだけれど、本当のことなど言えるわけがなくて、渋々とうなずいた。

逆に、器機の破損を叱責されて弁償することで放免されるのなら、幸いだと思わなければならない。

ほとんど話すことなく追い出されてしまったが、狩野には、一応あの場で「破損した。弁償したい」と申告してあるのだから、隠して逃げたわけではない。

アルバイトの評価は下がるかもしれないけれど、この異常事態を追究されるより遥かにマシだ。

最後尾を歩いているのをいいことに、白衣の上から尻尾を押さえて「なにも言われませんように。絶対、気づかれませんように」と、心の中で祈った。

蒼甫の、『日中でも、もしなにかあればいつでも来い』という言葉をお守りのように思い浮かべて、前方に立ち塞がるゲートを見据えた。

□□□

「それで？　気づかれなかっただろうな」

蒼甫に、『C－015W』の主に呼びつけられたことを話すと、千翔が語り終える前に尻尾の存在は隠し通せたのかと尋ねられる。

「今から、その話をしようと思ってたんだけど……蒼甫、せっかちって言われるだろ」

グズグズするなと、急かされた気分になってムッと眉間に縦皺を刻む。正面の椅子に腰かけている蒼甫を睨み上げると、予想外な一言が返ってきた。

「早漏を指摘されたことはないから、心配無用だ」

一瞬、意味を捉えられなくて……数秒の間をおいて、ようやくその発言が意図するところを汲み取った。

首から上がカッと熱くなり、蒼甫を睨みつける。

「そんなこと、一言も言ってないっ。下品だな」

「はいはい、キヨラカさんな千翔に下ネタを振って悪かったよ。威嚇《いかく》するな。尻尾の毛が膨らんでるぞ」

おざなりに千翔の抗議を聞き流した蒼甫は、千翔の背中あたりを指差してクックッと肩を震わせた。

「あ……」

ハッとして振り返ると、確かに千翔の憤りを反映した尻尾の毛が膨張して、モップのようになっていた。

そうだった。蒼甫の診察室で、向かい合わせに椅子に座ってズボンを脱いで、尻尾を検分されながら話していて……尻尾が剥き出し状態だったのだ。

「威嚇なんかしてない」

「じゃあ、どうして尻尾の毛が膨張してる？」

言い返せなくて、ムッと唇を引き結んだ。口では否定しても、尻尾の反応で蒼甫には筒抜けで……悔しい。

感情を顔に出さないよう気をつけているのに、尻尾は意図することなく揺れたり膨れたり、垂れ下がったりしてしまう。

「だいたい、キヨラカって……なんだよ」

文句を言える部分を思い出してジロリと睨み上げると、蒼甫は人の悪い笑みを浮かべて言い返してきた。

「ユニコーンを誘惑できるレベルでまっさらじゃないのか？　あの様子じゃ、女も……男も知らないんだろ。十八だったよな。その見てくれなんだから、誘いかけてくる人間は少なくなかっただろうに、よくぞ守ってるな」

女も男も他人の肌を知らないだろうと、尋ねるのではなく断言だ。決めつけられて面白い気分ではないが、反論材料は皆無なのだから言い返せない。

その上、またしても不可解な言葉を耳にした。

「ユニコーンって……なに？」

「伝説の幻獣だが、そういう説を知らないか？　ユニコーンは、獰猛で生け捕りにできない獣だが、処女に魅了《みりょう》されて大人しくなる。罠として仕掛けられた乙女の膝に頭を乗せて、無防備に眠り込んで……その隙に狩人に捕獲されるんだと。なんか、美人局《つつもたせ》に引っかかる間抜けな男みたいだよなぁ」

千翔をからかっているのかと思えば、かすかな笑みを浮かべているだけで茶化《ちゃか》そうとする雰囲気ではない。

だから千翔も、無視するのではなくポツポツと言い返した。

「別におれは、ユニコーンを捕獲するために頑張って守ってるわけじゃないし、誰かに誘われたりとかしたこともない。おれなんか、見向きもされない。……あんなふうに触ったの、蒼甫だけだ」

気まずいので忘れたような顔をしていたけれど、ほんの二日前の出来事だ。初めて他人の手で吐精させられた強烈な感覚の余韻は、脳にも身体にも滞《とどこお》っている。

千翔が持ち出すまで、蒼甫もなにもなかったかのような顔をしていたけれど、ほんの少し苦い表情になって視線を逸らす。

なんともないように装っていただけで、忘れられない。なかったことになどできていないのだと、足元を睨む目が語っているみたいだ。

そのことに、何故か少しホッとした。

「あー……ついうっかり不埒《ふらち》なことをして、悪かったって。ただあれは、生理的現象の処理で医療行為の延長みたいなもんだから、ノーカウントだ。安心しろ。おまえはまだ、キヨラカだぞ」

「だから、キヨラカって言葉から離れてほしいんだけど……」

千翔の抗議に小さく笑った蒼甫は、剥き出しの膝の上に脱いでいた白衣を置いて「もう着てもいいぞ」と口にする。座っている椅子を回転させて、デスクに置いてあるパソコンへと顔を向けた。

「で、蔵田《くらた》研究員はなんのために呼び出した？　尻尾は知られてないんだよな？」

蔵田という名前に、報告の途中だったことを思い出した。蒼甫が派手に話題を転換させたせいで、意識が逸れてしまっていた。

「あ、うん。なんか……シャーレとか割ったのも怒られなかったし、弁償の必要もないってあっさり許してくれた。ジロジロ見られたけど、おれだけじゃなくて一緒に行った二人も睨まれてたし……ユキヒョウの尻尾がどうとか、一言も聞かれなかった」

蔵田と名乗った『C－015W』の主は、四十代半ばのひょろりとした長身の男だった。

どちらかといえば野性的な蒼甫とは正反対の、見るからに理系の研究者といった風体の人物……と考えるのは、偏見《へんけん》だろう。

千翔が、片づけ中に無断で実験室へ入り込んだ上に培養ケースにぶつかったことは、呼び出される前に知っていたようだ。

ただ、狩野からの間接的な伝聞《でんぶん》ではなく、当事者である学生アルバイトから話を聞きたいと、自分たち三人を呼んだらしい。

無断で立ち入ったのは三人だが、培養ケース内のシャーレ等を破損してしまったのは自分だ……と。

激しい叱責を覚悟して謝罪した千翔に、拍子抜けするほどサラリと「怪我はないか？」とだけ確かめて、弁償の必要もないから気にしなくていいと解放してくれた。

「ふーん、本当にそれだけか？」

「うん。呆気なく、それだけ」

退室しかけた時に背中に感じた視線が強烈で、思わず振り返り……蔵田と目が合った瞬間、ゾクッと悪寒が走った理由はわからない。

上手く説明できないけれど、なんとなく気持ち悪かった……などと曖昧で非論理的なことは、蒼甫には言えなかった。

「脅すみたいだが、アイツには気をつけろ。以前から、妙な噂が色々あるんだ」

「妙な噂……って？　おれにも関係あるなら、聞かせてくれてもいいと思うけど」

無関係なら、わざわざ追究しようなどと思わない。

他人がなにをしていようがどうでもいいと、大学やアカデミーでコソコソしている人に遭遇した際は、事の善悪に関係なく目を背けてきた。

でも、自分に……それも、この異常なモノに関することなら、関係ないとそっぽを向くことができない。

「まず、一つ目。アイツはユキヒョウマニアを自称して、実際にユキヒョウに関する研究の成果も上げているんだが……ここで産まれた子猫を、違法に横流ししている疑惑がある。データ上の記録では死産だったことにして、外部の好事家《こうずか》に高額で販売しているんじゃないか……ってな。証拠を掴めなかったから、あくまでも疑惑だ」

「……せこい」

昼に逢った蔵田の、青白い顔を思い浮かべて思わずつぶやいた千翔に、蒼甫は「だろ？」と頬を歪《ゆが》ませた。

「一つ目ってことは、それだけじゃないんだよね？」

「ああ……二つ目は、ソレだ。おまえがその状態にならなければ、俺も半信半疑だったが……異種族間のハイブリッドを図っている節《ふし》がある。さっきのユニコーンだとか……わかりやすく極端なものだと、スフィンクスだとか。これも噂で、証拠を掴めないせいで表立った批判はできないし研究費を取り上げることもできん。頭のデキは大してよくないくせに悪知恵は働くヤツだから、査察《ささつ》を上手くかいくぐりやがる」

辛辣《しんらつ》な人物評だ。

言葉尻に向けて口が悪くなっていったのは、それだけ蒼甫が忌々しく感じていることの証拠に違いない。

「異種族間のハイブリッドは……成功してる、ってことだよな」

ユキヒョウ柄の尻尾を掴んだ千翔は、身体の前に持ってきてジッと見詰めた。

計画的な実験ではなく事故だけれど、結果としては成功しているという『証拠』がここにある。

「蔵田自身が、成功に気づいていない可能性がある。調べても証拠を掴めていないっていいうのは、これまで成功していなかったってことでもあるからな。机上の理論だと言い張られたら、それだけで処罰することはできない。イレギュラーな事態だろうが、おまえが初の成功例かも……な」

研究者として、これまで情熱を傾けてきた研究の成果が出るということは、この上ない喜びだろう。正規の手段で証明できれば、世界中の称賛を集めて自尊心を存分に満たせるはずだ。

でも、表沙汰にできないモノで……その成果が目に見える形で『あるかもしれない』となれば、どんなことをしても確かめたくなるだろうと容易に想像がつく。つまり今の自分は、蔵田にとって絶好の研究素材だ。

そこまで思い至った途端、ゾッと全身の毛が逆立つ感覚に襲われた。

蒼甫の語った、研究者という名の変人に監禁され、全身を弄り回される……動物園の珍獣のほうがマシという目に遭わされる、という言葉の数々が加速度をつけて現実味を帯びる。

「だから、これまで以上に気をつけ……」

話しながら千翔に顔を向けた蒼甫が、不自然に言葉を切った。

なに？　と顔を上げた千翔と、視線が絡む。

どんな表情をしているのか、自分ではわからない。でも、蒼甫がほんの少し眉を寄せて苦しそうな顔をしたから、憐《あわ》れみを誘うものなのだろうという想像はつく。

そんなみっともない顔など、誰にも見せたくないのに……蒼甫には、これまでに幾度《いくど》となく曝け出している。

だから、取り繕う努力をすることもなく唇を噛んで目を逸らした。

「悪い、脅しすぎたか。ともかく、尻尾には気をつけろ。できるだけ早く、どうにかできるよう……俺も心掛けるから」

「心掛け……て、どうにかなるもの？　幻獣医っていっても、こんなのは専門外だろ」

言い返す言葉は、力ない響きで今にも泣きそうに震えている。不安に押し潰されそうな千翔は、もう虚勢を張ることもできない。

俯こうとしたところで、蒼甫の両腕に抱き寄せられた。

そっと抱き込まれた胸元はあたたかくて、心地よくて……同情なんかいらないから放せと、突っぱねられない。

ぐずる子供を宥めるように、大きな手がそっと背中を撫でている。少しずつ、肩の強張りを解かされる。

「千翔。なぁ……俺を信じろ。なんとかしてやる。危ない目に遭いそうになったら、助けてやる。ほら、指切りげんまん……嘘をついたら、針千本飲むぞ。元々の意味のまま、指を切ってもいいけどな」

右腕は千翔を抱き寄せたまま、蒼甫の左手の小指が千翔の右手の小指に絡みついてくる。左右別々の指で交わす不自然な『指切りげんまん』なのに、触れ合った小指から優しいぬくもりが流れ込んでくるみたいだ。

こんなふうに、千翔に『指切りげんまん』を言い出す大人は二人目だ。

無遠慮に髪を撫でてくることといい、子供扱いすることといい。

印象は全然似ていないのに、やはり蒼甫と『そーすけ』は、名前だけでなく言動までも被る。

「切らなくていい。怖いコト、言うな」

物騒な台詞に、かすれた声で言い返す。

笑える心境ではないはずなのに、蒼甫が惚けた調子で「そりゃ、ありがたい」と答えるものだから、無意識に唇を緩ませた。

「血液検査で、今のところわかったのは……やはり、ユキヒョウのＤＮＡのコンタミってことだな。打ち消すための血清《けっせい》を準備している。安全性が不確かなものを投与できねぇから、もう少し待ってくれ」

「……ん。耳とか手脚とか、他のところも獣になったりしないなら、もうちょっとくらい待てる」

素直にうなずくと、後頭部を掴むようにして胸元に抱き寄せられ……クシャクシャと髪を撫で回された。

「耳とかがユキヒョウになっても、カワイーかもしれないけどな。まぁ、万が一どうにかなったとしても、俺がきちんと元に戻してやるよ」

「カワイーかも……とか、全然嬉しくない」

千翔は蒼甫の腕の中で唇を引き結んで、わざと険しい表情を繕う。

そうしなければ、抱き寄せられて説明のつかない心地よさを感じていることを隠せない、締まりのない顔になってしまいそうで怖い。両手を強く握り締めていないと、蒼甫の背中に縋りつきかねない。

頑な千翔をよそに、背中では大きな尻尾がゆったりと揺れている。

内心では嬉しがっていることが、蒼甫には伝わっているはずで……。

抑えようとする感情が筒抜けになってしまう忌々しいコレが、一日も早く消えてなくなればいいのに、と眉を顰めた。

《七》

生後間もない子猫は、昼夜に関係なく短いサイクルで授乳等の世話をしなければならない。千翔たち学生アルバイトは基本的に日中のシフトしか入らないが、稀《まれ》に夜勤を頼まれることもある。

それがなければ、夕食後は自由時間だ。

自由といっても、人工島から出られるわけではない。千翔は、自室かライブラリーで過ごすことになる。

通いではなく、人工島内に居住している研究員のために、息抜きと社交場を兼ねたバーやビリヤード台の並ぶ遊技場、合法カジノルームもある。運動不足解消を目的とした人間用ジムやプールまで整備されていて、閉鎖的な環境でも心身の健康を維持できるような施設が整えられている。

それらの存在は知っているけれど、バーやカジノは未成年の千翔には無縁の場所だし、立ち入りができる年齢だとしても自ら足を踏み入れることはないはずだ。ジムやプールも、今のような身体的な難がなくてもわざわざ行く気にならない。

蒼甫の診察室がある、C－55のエリアを訪れるのは深夜になってからだ。それまでの時間は、自室で化学式や数式と向き合うか、ライブラリーの自習スペースで持ち出し禁止の貴重な書籍を積み上げて楽しむ。

ここに来てすぐ、食堂で話しかけてきた人たちに素っ気なく対応していたら、徐々に話しかけられることが減って孤立するようになった。

今では、千翔が高梁と彼女の研究室に所属する研究員以外とはロクに話そうともしないということは、周知の事実となっている。反感を持たれているわけではなく、研究員には独自の世界観を持つ人が多いので、千翔に関しても『そういうタイプ』で許されているに違いない。

隠さなければならない不都合があるので、接触する人間が少なくて済むのは幸いだ。

「蒼甫、どうにかする……って、どうするつもりだろ」

他人の目がある日中は服の中に押し込めているので窮屈だが、自室にいる時は尻尾を解放している。

肩越しにチラリと尻尾を見遣り、小さなため息をついた。

蒼甫は「俺がなんとかしてやる」と自信たっぷりに言っていたけれど、簡単に対処できるものとは思えない。

それに、カワイーとかキレーだと言いながら、尻尾に感嘆の眼差しを向けている姿を目にすると、本当に無くしてくれるのだろうかと……たまに不安になる。

「確かに、コレだけを見たら、綺麗……だけど」

ユキヒョウの特徴を備えた尻尾は、客観的に見れば美しいと思う。自分の尻から生えてさえいなければ、手放しに賛美できるのだが。

「ふわふわ、か。蒼甫、診察って言いながら嬉しそうに触ってたし……」

普段は気にしないようにしている尻尾を、そろりと握ってみる。極力触れることのないように、入浴中はシャワーの湯がかからないよう注意している。服の中に押し込める時だけは仕方ないとして、それ以外は目に映すこともほとんどない。

千翔自身よりも、蒼甫のほうがコレに触れている時間は長い。

「触り心地は、いい……かな」

緩く握ったり、指先で毛を梳いてみたり。

ここに触れる蒼甫の手をトレースするかのように、さわさわ……撫でてみる。

「自分で触っても、なんともないのに」

あの日、蒼甫に触れられた時は身体の奥から際限なく熱が湧き上がるみたいになって
……抑え込むことができなかった。

尻尾に触られたから変になったのかもしれないと、それも千翔が触ろうとしなかった理由の一つだけれど、今はなんともない。確かに触っている、触られているとは感じても、身体の熱が上がりそうな気配もなかった。

「尻尾じゃなくて、蒼甫の手……だろうな」

あんなふうになった原因は、蒼甫側にあるに違いない。

夜毎《よごと》繰り返されている診察の際には、必死で自分を律《りっ》しているのであの日みたいに変な状態にはならないけれど、蒼甫の手に触られたらドキドキして胸が苦しくなって、身体のあちこちが熱くなる。

でも、今こうして自分で触っても、なんともないのだから……やはり蒼甫の手になにかがあるとしか思えない。

なにか、とは……なんだろう。

目の前にいない人間のことを考えて首を捻るなど、時間の無駄遣いだと頭ではわかっているのに、自然と『蒼甫』が思い浮かんでしまう。

こんなのは、初めて……いや、もう一人いた。千翔の感情を揺さぶるのは、『和久井博士』と『蒼甫』、二人だけだ。

世界的権威を誇る博士と幻獣医の蒼甫は、全然違うカテゴリーに属しているのに、不思議だった。

千翔が『和久井博士』に向ける思いは、尊敬と敬愛と憧憬《どうけい》で……それなら、『蒼甫』は？

尻尾を握って思考の海に漂っていた千翔を、不意に響いた異音が現実へと引き戻した。

「っ！　……なんの音だ？」

ビクッと肩を震わせて尻尾を手放し、夢から醒めたような心地で目をしばたたかせた。

室内のどこかから聞こえてくる小さな音の正体が掴めず、眉を顰めて耳を澄ませる。

ピピピ……と耳慣れない電子音は……？

「あ、あれの音だ。どこに置いてあるかな」

携帯端末が着信を知らせる音だと思い至って、握り締めていた尻尾から手を離した。

自分から他人にコンタクトを取ろうとするとは考えられず、まず使わないだろうと、狩野に渡されたきり放置しているので……どこで鳴っているのかわからない。

音を頼りに、さほど広くない室内をうろうろと捜索する。そのあいだも、着信音は鳴り続けていた。

「見つけた。こんなところにあったのか」

大きなクッションの脇、ライブラリーから借りてきた分厚い図鑑の下にあるのをようやく見つけて、引っ張り出した。

「……はい」

簡易端末の画面には発信者名の表示はなく、数字が並ぶのみだ。誰だ？　と訝しく思いながら応答する。

『……秋庭千翔？』

「はい？　どなたですか」

唐突に、横柄な口調で名前を呼ばれて、低い声で返す。コミュニケーションが苦手な自分でも、まずは自身の名を名乗るぞと眉を顰めた。

これは誰だ？　耳馴染みのない、男の声だ。

『蔵田だが。狩野くんの端末を借りた』

「あ……」

蔵田と、狩野。その二つの名前で、声の主の顔が思い浮かぶ。

自然と緊張が走り、肩に力が入った。

『君と二人だけで話したい。君にしても周りに他人がいないほうが好都合だろう。これから研究室に来てくれ』

「え、でも……って、一方的だな」

忙しない早口で、自分が言いたいことだけ言うと、用は終わりだとばかりに通話を切られてしまった。

千翔が断ることは、想定していないのだろうか。

「なんの用だろ」

二人だけで話したいと、蔵田に呼びつけられる。

その理由は……やはり、コレとしか思えない。上手く隠してあったし、気づかれていないと思っていたが、疑われているのだろうか。

周りに人がいないほうが、好都合だろうと……意味深な台詞は、まるで脅しだ。

「無視……は、マズいよなぁ」

ふわふわ、千翔の不安を表すかのように左右に揺れている尻尾を握り……憂鬱《ゆううつ》なため息をつく。

蔵田は、要注意人物だ。

でも、呼び出しに従わなければなにが起きるかわからない。

「蒼甫に、相談したほうがいいか」

焦って、独断で動くのは賢いものではない。そう思い、備えつけの内線電話に初めて手を伸ばす。

自身のＩＤコードを入力しておいて、接続相手……Ｃ－５５５を慎重に呼び出す。

短い呼び出し音が途切れた直後、機械音が応答した。

『不在につき、録音します。お名前とご用件をどうぞ』

この時間だと……獣を連れて、運動場にでも出ているのだろうか。

もともと千翔は、電話という通信手段が好きではない。

余程のことがなければ避けたいツールなのに、会話の相手がなく一人でしゃべらなければならないとなれば、更に苦手だ。

「…………」

数秒迷っていたけれど、なにも言えずに通信を終了させてしまった。まるで、イタズラ電話だ。

「とりあえず、行くか」

こうしてグズグズしているあいだも、時間は過ぎている。

千翔の返事を聞こうとせず、息継ぎも忘れるような早口で畳みかけてきたことから想像するに、蔵田はずいぶんと気が短そうだ。

「仕方ないな、これはコンパクトにまとめて……イテテ」

迷いは捨てきれなかったけれど、嘆息して尻尾を掴み……服の中に押し込んだ。つい今しがたまで解放感に浸っていただけに、いっそう窮屈な感じがする。

ああでも、元凶となった細胞の製作者であろう蔵田なら、消すための手段も知っているかもしれないな……と。

かすかな期待と、それをはるかに凌駕《りょうが》する不安を抱え、背中の膨らみを隠すためのゆったりとした白衣に袖を通して自室を出た。


目的の部屋のドアは三十センチほど開いていて、室内の灯りが廊下に漏れている。電話口の急いた様子から察するに、尋ねてきた千翔のノックに答えて開けにくる数十秒の手間でさえ、省《はぶ》きたいのかもしれない。

開いているとはいっても、一応拳を軽く打ちつけておいて顔を覗かせた。

「失礼します。秋庭です」

「遅いじゃないか」

千翔と目が合った蔵田が、無愛想に口を開く。

強引に呼びつけておいて、第一声がそれか。

千翔は、不快感を顔に出さないようポーカーフェイスを意識して、「スミマセン」と軽く頭を下げる。

「入って、ドアを閉めてくれ」

「……はい」

言われるまま室内に入り、後ろ手でドアを閉めて部屋の中央に歩を進めた。

そのあいだも、蔵田の視線は露骨に千翔に当てられて一挙手一投足を追っている。この無遠慮な視線のせいで、ドアを閉める際に背中を向けられなかったのだ。

「なんのご用でしょうか」

「ご用、か。君に、確かめたいことがあるんだ」

蔵田は不気味な笑みを浮かべて、大きく足を踏み出す。

ズイッと距離を詰めてきたかと思えば、こちらに伸ばされる手が目に映り……反射的に足を引いて、身体を逃がした。

「……確かめたいということを、言ってください。きちんと答えます」

いきなり接触を図ろうとするのではなく、言葉で質問してくれと眉を顰める。

蔵田は不愉快そうに頬を歪ませると、神経質な仕草で眼鏡を押し上げながらボソボソと口を開いた。

「培養ケースの、プレパラートを割ったって？　指を切っただろう。血痕《けっこん》があった」

「それは……すみません。やっぱり、弁償をします」

「弁償なんか、どうでもいいんだよっ。指だ。指を見せろ」

腕力がありそうとは思えない、ひょろりとした外見からは予想もつかなかった強い力で、両手を掴まれる。

「ッ！」

蔵田の指から伝わってくる、ぬるい体温を感じた瞬間、ゾッと悪寒が背筋を這い上がった。咄嗟に振り払おうとしたけれど、逃れられない。

蔵田は、どんなかすかな異変も見逃さないとばかりに眼鏡の奥の目を見開き、息がかかる近さで千翔の両手の指をジロジロと検分している。

その唇が、「ない」と動き……掴まれた時と同じく、唐突に解放された。

「傷がないっ。スキンテープで治療したんだな？　そうだろう。秋庭……身体に異変はないか？　耳や爪は正常のようだが、犬歯《けんし》が牙になっているとか……夜目が異様に利くようになったとか、あとは……ああ、尻尾は？」

ギラギラとした目で見据えられながら、弾む声で言葉を浴びせられる。

あまりの勢いに、声もなく身体を強張らせていた千翔だったが、たった一言……最後の『尻尾』という単語に、ピクリと肩を震わせてしまった。

食い入るように千翔を見ていた蔵田は、そのわずかな動揺を見逃さなかったらしい。小声で「ははっ」と笑って、喜色満面《きしょくまんめん》になった。

「尻尾か。そうなんだな。それが本当なら、ヒト科との異種族間ハイブリッドが実現したことになる。証明を……いや、まずはこの目で確かめなければ」

更なる興奮を隠そうともせずに、ブツブツ言いながら近づいてくる蔵田から、千翔は声もなく後退《あとずさ》りをする。

……怖い。気味が悪い。

今の蔵田は、千翔が否定しても聞く耳など持たないだろう。射抜くような眼差しと異様な空気を全身に纏っていて、圧倒される。

「白衣を……いや、全部脱げ。脱いで、僕に見せろ。脱げ、脱げ……」

狂気に取り憑《つ》かれたように迫ってくる蔵田を変に刺激しないよう、唇を噛んでじわじわ後退していたけれど……背中が固いものに触れ、壁際にまで追い詰められたことを悟った。

どうしよう。これ以上、逃げられない。

千翔は壁と身体のあいだに尻尾を挟み込み、白衣を両手で強く掻き合わせて蔵田を睨み上げる。

「ぬ、脱ぎません。なにもありませんから」

「なにもない？　じゃあ、脱いで見せて証明しろ。それでも本当になにもなかったら、納得してやる。だから、脱げ。早くっっ！」

「や、嫌だ……」

全身に警戒を纏った千翔が睨みつけても、ニヤニヤと不気味な笑みを浮かべたまま手を伸ばしてくる。

白衣を握った手を掴まれ、鬼気迫《ききせま》る顔を近づけられた。

「脱げぇぇ！」

鼻に噛みつかんばかりの位置で絶叫され、瞼をギュッと閉じて首を竦ませた。

その隙に白衣を鷲掴みにされて、恐ろしい力で左右に開かれる。無理な動きのせいで肩口から布の裂ける音が聞こえ、一つ二つ……ボタンが弾け飛ぶのがわかった。

「やめろ！」

カーッと全身が熱くなり、自分のものとは思えない大声が喉から飛び出す。

感情に任せて叫ぶことなど、今まで一度もなかった。室内に響き渡った自分の声に驚いて、目を瞠る。

喉が痛い。でも、蔵田が動きを止めたということは、威嚇に成功した……のか？

ホッとしかけたところで、蔵田が低くつぶやいた。

「耳……が」

「え？」

耳？

千翔は咄嗟に手を上げて、自分の耳朶《じだ》に触れる。その指先を、本来あるはずのない獣《じゅう》毛《もう》の感触がくすぐり、ビクッと手のひら全体で覆った。

この毛の感触は、知っている。背に隠し……今は最大限に膨張している尻尾の触り心地と、同じだ。

でも、どうして耳が変化した？　感情の高まりによる一時的なものならいいけれど、獣化が進んだのだとしたら……。

呆然としている千翔を見ている蔵田が、ニタリと笑った。

「ふ……やはり、尻尾も隠し持っているんだろう。絶対に、この目で確かめなければ。毛だらけの耳は、間違いなく見たぞ！」

どうしよう。どうすればいいのだろう。

千翔は両手で耳を覆って顔を背け、蔵田の執拗《しつよう》な追究を逃れる術を探す。

耳を隠すだけではダメだ。この勢いだと、そのうち服も剥ぎ取られてしまう。尻尾を見られてしまったら……終わりだ。

助けて。誰か。助けて……くれるのなんて、蒼甫しかいない。

「見せろ。尻尾……。耳だけじゃないだろ。耳は……獣……」

白衣を掴まれ、限界まで身を縮めて頭を抱える体勢になった直後、低く落ち着きのある声がすぐ近くで聞こえた。

「耳？　なにを見たのか知らないが、目の錯覚……っつーか、老眼《ろうがん》じゃねぇの？」

「……っ」

耳障りな、蔵田のものではない。この声の主は……。

閉じていた瞼を、恐る恐る開く。千翔の視界に映ったのは、蔵田の眼鏡を鷲掴みにして取り上げる大きな手だった。

バキッと鈍い音を立て、眼鏡が握り潰される。

「和久井っ？　なんでおまえが、ここに。それに、なっ、なにをするんだイキナリ！　ぼ、僕の眼鏡を」

「なんでここに、って……内線に残されていた、カワイ子ちゃんのＳＯＳに応えただけだよ。眼鏡がなんだ？　俺の目には、学生バイトへの暴行未遂現場にしか見えねーなぁ。未遂……だよな？」

千翔と蔵田のあいだに割り込み、恐ろしい形相で蔵田を見下ろしている蒼甫が、ふとこ

ちらに目を向けて尋ねてくる。

舌が強張ったままだ。声を出すことはできず、コクコクと小刻みにうなずくと、蒼甫は険しい表情をほんの少し緩ませた。

レンズが砕けてフレームの折れた眼鏡を床に投げ捨てた蒼甫は、そっと両腕の中に千翔を抱き込んで言葉を続けた。

「未遂で命拾いしたな、蔵田。幻覚を見るくらい疲れてるなら、早めに寝たほうがいいぞ。加齢に伴って、思考力も判断力も鈍化《どんか》するからなぁ」

年齢的には、蔵田のほうが一回りくらい上のはずだ。けれど蒼甫は、目上の人間に対するものとは思えない口調でそう言い残し、千翔の肩を抱いて廊下に出た。

「和久井ーぃ！　いつも僕の邪魔をしやがってぇぇ！」

閉じたドアの向こう、部屋の中からは耳障りな蔵田の声が漏れてくる。飛び出してくるのではないかと警戒してドアを見据えたけれど、ドアに物を投げつけたらしい音が聞こえるだけで、開く様子はない。

「和久井……？」

「千翔は、なにも心配しなくていい。肝っ玉の小せぇアイツに、追いかけてくるような度《ど》胸《きょう》はねーよ。腕力で俺に勝てないって、わかってるだろうからな。安全地帯で、みっともなく吠えるのがせいぜいだ」

「あ……蒼甫」

もうダメかと思ったのに、蒼甫が……窮地から救ってくれた？

初めて尻尾が出た時も、今も……どうにもならない危機から助けてくれる人は、蒼甫しかいないと思っていた。でも、こんなに都合よく……本当に助けてくれるなんて、魔法みたいだ。

いろんなことがあったせいで、思考が混乱している。現実感が乏《とぼ》しくて、そろりと精悍《せいかん》な顔を見上げる。

千翔を見下ろす蒼甫は、ほんの少し眉間に皺を刻んで声のトーンを落とした。

「怪我はないか？」

「……ない」

「とりあえず、ここを離れるぞ。ギリギリで我慢したんだ。うっかりアイツが顔を出したら、今度こそ殴りつける」

千翔の肩を抱く手に、グッと力が増す。

ここを離れるという言葉には、異論はない。一刻も早く、少しでも遠くに行きたい。

どこかではなく、清潔な消毒薬の匂いが漂う、あの部屋に……蒼甫のテリトリーに身を置きたい。

あそこが一番安全な場所だと、無意識に求めている。

「蒼甫のところ、連れて行ってよ」

震える声でつぶやいて、蒼甫のシャツの袖口を掴む。無言で千翔の手を握った蒼甫は、ゆったりとした大股で歩き出した。

二人分の足音だけが、白い廊下に響く。

包み込むような大きな手から、優しいぬくもりが伝わってきて……広い背中を見詰めて歩いていた千翔は、震えそうになる唇をそっと噛んだ。

《八》

すっかり通い慣れた診察室に入り、定位置になっている小さな丸椅子に腰を下ろした途端、足が震え出した。

抑えようと膝を掴んでも、震えは止まってくれない。

「ふ……っ、今頃になって震えてる」

自嘲の笑みを浮かべたつもりなのに、頬がヒクッと引き攣《つ》っただけで上手く笑えなかった。

ここは、蒼甫のテリトリー。安心できる場所だ。わかっているだろうと自分に言い聞かせて、深呼吸をする。

「ギリギリ……セーフか？　蔵田に見られたのは、コレだけだよな？」

向かい合わせの椅子に座った蒼甫は、コレと言いながら千翔の耳に視線を当てて尋ねてくる。

「う、うん」

これを、セーフ……と言ってもいいのだろうかと、迷いながらうなずいた。

白衣の内側の、不自然な膨らみは見られたかもしれないけれど、尻尾そのものは目撃されていない。

でも、人間離れしているだろう耳は曝け出してしまったのだ。

「おれの耳……どうなってんの？」

そっと右手を上げた千翔は、恐る恐る自分の耳に触れようとして……指先をくすぐった毛の感触に、慌てて膝へと戻した。

やはり、普通の、人間の耳ではない。言葉もなく青褪《あおざ》めているだろう千翔の手を、蒼甫がポンと軽く叩いた。

「これを見られたくらいなら、誤魔化せる。つーか、多少強引にでもアイツの記憶から消してやる。……いつから、こんな状態になった？」

「白衣、無理やり脱がされそうになって……カーッと頭に血が上ったら、勝手に変になった。毛、生えてるんだよね。形も……柄も、やっぱりユキヒョウ？」

自身の目では見ていないし、見ようとも思わないから、手触りだけが頼りだ。柄まではわからない。

千翔の耳を凝視していた蒼甫は、指先でそっと触れて「ああ」とうなずいた。

蒼甫の指に反応して、ピクリと震えた千翔の耳に唇の端を吊り上げると、ツンと突く。

「毛の特徴も、形も……ユキヒョウだな。尻尾と揃いだ」

「なんで、耳まで？　体内で、細胞が変化してる？　それとも、増殖してる？　おれ、このまま獣になるんじゃ……どうしよう。ば、化け物みたいだろ。尻尾だけじゃなく、耳まで……気持ち悪い」

頭に浮かぶまま、纏まりなく言葉を紡ぐ。頼りなく揺らぐ声も……肩の震えも、隠すことができない。弱い姿を曝け出したくないと、意地を張る余裕もなくなる。

怖い……と零す前に、蒼甫の腕の中に抱き込まれた。

「落ち着け、千翔。大丈夫だ。おまえは気持ち悪くなんかない。耳も、尻尾も……カワイーじゃねぇか」

尻尾も……と言いながら、背中に回されている手が白衣の下に潜り込んでくる。

無遠慮に尻尾を引き出すと同時に、クスリと笑う気配がした。

「カワイクなんかない。なんで笑ってんだっ！」

「悪い。白衣の裾から見え隠れする尻尾の毛が、いつにも増してぼわぼわになってて……やっぱり、カワイーなぁ……と思ったら、つい」

あまりにも緊張感のない口調と台詞に、茶化すなと怒りを煽られるよりも脱力してしまった。

おかげで混乱は収まったけれど、蒼甫がこれを狙っていたのかどうかは不明だ。

蔵田から助けてくれた時は、映画のヒーローみたいだと……ほんの少し認識を改めようとしたのに、やはり蒼甫は格好いい大人だと素直に思わせてくれない。

「本当に、痛いところはないのか？　白衣を破りやがって……変態め。うっかりのふりをして、足を踏みつけてやりゃよかった」

ボタンが引きちぎられて、袖の繋ぎ目がほつれた千翔の白衣を脱がせながら、忌々しげに舌打ちをする。

どこも異常がないか、千翔の肩や腕……シャツの裾からはみ出している尻尾に触れて、確認しようとしている。

意識する必要などない。これは、ただの診察行為だ。頭では、そうわかっているのに

……心臓が、奇妙に鼓動を速めた。

蔵田に手を掴まれた際には、嫌悪感しか湧かなかった。なのに、どうして蒼甫の手は、どんな時でも心地いい？

答えは出ないのに、あちこち触られているうちに身体はどんどん熱を帯びていく。

「蒼甫……、もう、いい。なんともない、ってわかっただろ」

「ああ？　なに、逃げようとしてるんだよ。やっぱり、どこか怪我してるのを隠してん

じゃないだろうな」

戸惑う千翔が逃げ腰になっているせいで、隠し事をしているのでは……と疑われているらしい。

勢いよく首を横に振って否定すると、蒼甫の両手が千翔の頬を挟み込んだ。

「本当に？」

「本当、だって」

ジッと見詰めてくる目から、逃げたい。頬に触れる手は心地いいぬくもりを伝えてきて、動悸が激しさを増す。

「肌が熱いぞ。熱発しているんじゃねーの？」

頬にあった手が、スルリと首筋へと移動する。

肌の熱さを、触れることで確かめようとしたのだろうけど、千翔はギュッと目を閉じて息を呑んだ。

心臓が、胸の真ん中で大暴れしている。多少のことでは動揺しないはずの自分が、こんなふうになるのは、全部……なにもかも。

「蒼甫の……だ」

「俺がなんだ？」

「そ……すけが、触るからだろっ。なんか、勝手に身体中が熱くなって、心臓がドキドキして、変なんだ。蔵田の手は、気持ち悪いだけだったのに……蒼甫の手だと、いつも変になる。おれがおれじゃなくなるみたいで、怖い。全部、蒼甫のせいだ！」

困惑をそのまま吐露《とろ》するなんて、みっともない。しかも、蒼甫にとって理不尽な文句のはずだ。

感情に任せて思いをぶつけたところで、理解を望めるわけがない。馬鹿げたことだとわかっているのに、言葉が次々と溢れ出して止まらない。

こんな自分は、知らない。

やはり、蒼甫を前にするといつも自制が利かなくなってしまう。

「千翔、おまえ……それ、無自覚なんだよな？」

「な、なに？」

珍しく、弱ったような声で言いながら両手で軽く頬を叩かれて、きつく閉じていた瞼をそろりと開いた。

目に映った蒼甫の顔は、困っているようでもあり……苦しそうにも見えるのに、唇にかすかな笑みを浮かべている。

なんとも形容し難い複雑な表情で、千翔を見ていた。

「俺だけ特別で、俺の手にドキドキして……熱くなる？　意図的な誘惑じゃないなら、メチャクチャ罪作りだろ」

蒼甫は、なにを言っている？

意味を上手く汲み取ることができなくて、ぎこちなく首を左右に振る。

「ＩＱ百七十の頭脳も、専門外のことには役立たずか」

独り言のような口調で、ポツリとつぶやかれた言葉に目を瞠った。

疑問形や、鎌をかけられている雰囲気ではない。確信を持った言い方だった。

「蒼甫、おれのこと……知って、る？　いつから？」

「初めて、運動場で逢った時からだ。秋庭千翔。アカデミー出身者のあいだで、超がつく有名人だ。まぁ、無理に知ろうとしなくても、勝手に色んな噂が流れてくるよな。噂の内容は、ほとんど事実無根の面白おかしい創作だろうが……。名前と優秀な脳みそに関しては、間違ってないだろ？」

「最初、から……」

蒼甫の態度は、どう言えばいいか……『普通』だった。むしろ、普通の初対面の相手に対するものより、無遠慮だったはずだ。

露骨に子供扱いして、大雑把に頭を撫で回してくる。実の親でも、あんなふうに千翔に接しない。

それは、千翔のことを知らないからだと思っていた。

「千翔」

「え？　あ……」

名前を呼ばれて顔を上げると、ふっと視界が暗くなり、自然な仕草で唇を触れ合わせられる。

ビクッと震えたのは、肩だけではなかったらしい。

「っくく……耳も、尻尾も、ピクピクしてるぞ。やっぱり、カワイーだろ」

「なに？　なんで……？」

なにが起きている？

蒼甫は、なにを思って、今の会話の流れでキスなんかした？

どうして自分は、蒼甫を突き放して逃げない？

頭の中が疑問でいっぱいになり、答えを握っているはずの存在……微笑を浮かべている蒼甫を、懸命に見上げた。

「俺に触られたら、気持ちいいんだよな？」

「う、うん。どうしてか、わかんないけど」

「わかんないか？　好きだから触って、って言ってみろよ。もっとずっと、気持ちよくなるはずだ」

一言も聞き洩らさないように、目を逸らすことなく蒼甫の声に耳を傾けていたけれど、引っかかった部分を小さく聞き返す。

「好き？」

「違うのか？」

好き。蒼甫を？

突如与えられた解答は、千翔の胸にスッと入り込んでくる。

まるで、逆算だ。

答えから途中式を遡《さかのぼ》っていくかのように……これまで不可解としか思えなかった疑問が、少しずつ解けていく。

蒼甫が、他の人と違っていたわけ。心臓がドキドキする意味。コントロールできない感情も、傍にいると安心するのは何故か……も。

「……たぶん、違わない。蒼甫は？　なんで、おれに触りたい？」

自分の感情は『好きだから』だとしても、蒼甫は？

無意味に触れてきているとは考えられないが、その理由を知らない。

何度か聞かされたように、ただ単にユキヒョウの尻尾を『可愛い』と感じているせいなのか？

人に生えた尻尾という、珍しい現象にたいする興味なのだとしたら……優しく触れてくる手を喜ぶ自分は、惨めだ。

蒼甫を見詰める顔には、無意識に不安が滲み出ていたのかもしれない。クシャクシャと髪を撫で回されて、肩を震わせる。

「蒼甫、質問の答え……」

「くそ、天然チャンめ。そりゃ、おまえが可愛いから……好きだから、だろ」

忌々しそうな言い回しをしているのに、髪に触れた手も千翔を見下ろす目も、優しいものだった。

仕方なく、といった空気を纏う『好きだから』なのに、千翔の心臓は息苦しいほど鼓動を速くする。

「本当に？　研究目的の、探究心じゃなくて？」

「……研究対象を相手に、こんなになるかよ。俺はヘンジンとは言われるが、ヘンタイじゃねぇ」

ため息をついた蒼甫は、髪から手を離して千翔の手を握った。そのまま蒼甫の胸の中心に押しつけられて、『こんなに』の意味を悟る。

「可愛げがない、ただの天才児……なら、惑わされなかったんだけどな。おまえ、めちゃくちゃカワイーよ。ある意味、究極の純粋培養だもんな。こんなに一途っつーか、真っ直ぐな信頼を向けられたら、たまんねーだろ」

ドクドク……薄いシャツ越しに、激しく脈打つ心臓の鼓動が伝わってきた。千翔の手を握る指の力は強くて、熱い。

平然とした顔をしているように見えるのに、千翔と同じくらいドキドキしているのだと教えてくれる。

十や百の言葉を並べられるよりも、遥かに説得力があった。

「蒼甫が……好き。蒼甫も、好き?」

「勘弁してくれ」

再確認を求める千翔に、ギュッと眉間に深い皺を刻み……大きく息をついて、胸元から手を離す。

自分か蒼甫、どちらかの『好き』が違っていたのかと、不安が込み上げそうになった千翔の指に、ギュッと長い指を絡みつかせてきた。

「ったく……おまえは『好き』とか言っても可愛いかもしれないが、俺は三十三だぞ。あー

「……ちくしょ、好きだよっ、千翔」

迷うようにブツブツ言っていたけれど、最後にはきちんと「好き」と返してくれた。小さな声でも、千翔の耳は漏らすことなく受け止める。

でも、そう……だ。耳……だけではなく、大きな問題があるのに蒼甫はいいのだろうか。

「耳とか、尻尾とか……こんなでも？　尻尾、普通じゃないよね。変だろ」

「変、じゃないな。普通じゃなく、カワイーだろ。もこもこの、もふっもふ。ユキヒョウはいい尻尾してるよなぁ」

ククッと低く笑う蒼甫に、今度は別の不安が湧いてきた。

変じゃないと言ってくれるのには、ホッとしたけど……。

「……し、尻尾が好き？」

もしかして、千翔が……ではなく、ユキヒョウの尻尾があるから千翔を好きと言ってくれるのでは。

恐る恐る尋ねると、蒼甫の眉間にグッと深い縦皺が刻まれた。

「間違えんな。尻尾『も』、好きだ。もっと……聞き飽きるくらい、言ってやろうか。千翔自身も……尻尾も耳も、全部、可愛い。コイツごと、千翔が好きだよ」

指で獣毛に覆われた耳を摘まみ、背中を抱き寄せるついでに尻尾を握られた。

腕の中に抱き込まれた千翔には、蒼甫の顔は見えなかったけれど、密着した胸元から動悸が感じられる。

可愛いなんて、蒼甫以外に言われたことがない。蒼甫でなければ、言われたいとも思わない。

「蒼甫だけ……好き」

十八歳で初めて知ったこの言葉を、言いたいのも言ってほしいのも……蒼甫だけだ。

今度は、蒼甫からの答えはなかったけれど……抱き締める腕の力が強くなり、ぬくもりに包まれるのが気持ちよかったから、そっと目を閉じた。


乗り上がった診察台が、ギシッと軋んだ音を立てる。

獣のための体重計を組み込んだテーブルではなく、これは白い布張りでクッション性もあり……人間を対象にしたものとしか思えない。

「初めてここに来た時から、ずっと不思議だったんだけど。なんで、獣医の診察室に……人間用？」

「怪我したってここに駆け込んでくるのは、獣ばかりじゃないからな。咬まれただとか、引っ掻かれたり蹴られたり……すっ転んだり。人間も動物だ。消毒薬やスキンテープ、包帯なんかも動物に使うものと変わらん」

「そ、そうだろうけど」

説得力のある理由に納得はできても、着ているものを次々と剝ぎ取られながらでは落ち着かない。

「尻を浮かせろ。……靴下も邪魔だな」

「ッ……」

ついに下半身まで剝き出しにされたけれど、眼鏡を着用した蒼甫は真剣な顔をしているから、文句は言えない。

膝を掴み、踝の骨を検分して……足の指を摘まむ蒼甫の手を、奥歯を噛んで睨みつけるように見据える。

「脚も、変化はなしか。背中は？　毛深くなってないか？」

「ひゃ！」

簡単そうにクルリと身体を引っくり返されて、伏せた白い台の上で両手を握り締めた。ただの診察だ。

他に獣化していないか、詳細に確認しているだけなのだから、触れてくる手に別の意味を感じたら……ダメだ。

千翔は必死で自分に言い聞かせているのに、蒼甫の手が脊椎を数えるように背中を撫で下ろし……指が尻尾のつけ根まで到達した途端、ビクッと身体が震えてしまう。

身体中が熱い。握り締めた手のひらに、じっとりと汗が滲んでいる。

「おい。尻尾、わざとか？」

「あ……ごめんなさい」

わざとかと問われた尻尾は、視界を遮ろうとするかのように蒼甫の顔面を叩いていた。

そんなつもりは……少しだけあったかもしれない。

「ちょっと横に退けろ」

「っあ！」

根元のあたりを掴まれると、腰から下の力が抜けた。診察台にペタリと座り込み、震える息をつく。

「千翔。見えないだろ」

「もう、嫌だ。なんともない。これ以上、触られたら……どんどん変になる」

「変って、どんなふうに？」

「ッ……言えない」

長い尻尾を腰に巻きつけるようにして、一番の『変』を蒼甫の目から隠す。

直後、背後から低い笑い声が聞こえてきた。

「クッ……おまえそれじゃあ、隠したいものがあるって自白してるのと一緒だろ。カワイーけどなぁ」

「ぁ……」

無造作に尻尾を掴まれて、隠す術を取り上げられる。

見られた。知られてしまった。手足や耳、尻尾を触られていただけなのに、淫らに反応してしまったことを……。

泣きそうになって身を固くしていたけれど、蒼甫からは千翔を追い詰める言葉はなかった。

無言で脚のあいだに手を差し入れて、屹立に指を絡みつかせてくる。

「ッ、ん……」

「唇を噛むな。俺には、なにも隠さなくていい」

「あ……、ッん、ぁ」

鈍い音と共に診察台が揺れ、蒼甫も乗り上がってきたのがわかった。背中側から両腕の中に抱き込むような体勢で、ゆっくりと千翔の快楽を高めようとする。

直接的な刺激だけでなく、背中を包む蒼甫の体温も心地よくて……身体の奥から湧く熱が、際限なく膨れ上がる。

「ゃ、やだ……すぐ、出ちゃいそ……ッ」

「ふ……尻尾、ピクピクしてるぞ。我慢しなくていい」

「ッ！　ぁ……っ、ぅ」

我慢など、しようにも……できなかった。

抱き込まれた蒼甫の腕の中で、グッと息を詰める。頭の中が真っ白で、なにも考えられない。

宥めるように巻きついてくる腕の強さと、蒼甫の熱だけで……。

「は……っ、はぁ」

詰めていた息を吐き出した千翔は、蒼甫に抱かれたまま乱れた呼吸を整えていたけれど、ふと目をしばたたかせて背後に身体を捻る。

「そ……すけ、熱い」

手や、背中で感じる体温だけでなく、尻尾の根元あたりも……。同じ性を持っているのだから、わかる。蒼甫の、熱……だ。

千翔と目が合った蒼甫は、気まずそうに顔を背けた。

「あー……俺もまだ枯れてないし、仕方ないよな。気にするな」

「気にする。おれだけがこうなるんじゃなくて、触られたら蒼甫も気持ちいい？　どうなんの？　……触りたい」

身体の向きを変えた千翔は、蒼甫の下肢に手を伸ばす。蒼甫が背を反らし、ギシッと診察台が軋んだ音を立てた。

「おい待て。探究心は立派だが、ちょっと今はマズい。汚れた大人……下手に知識があるだけに、おまえに触らせてやるだけじゃ済まなくなる」

「なんでもいいよ。蒼甫が知ってること、おれも全部知りたい。……逃げるなよ」

ジリジリと後退しようとする蒼甫の膝に乗り上がり、首に腕を巻きつかせる。

視線を隔てる、邪魔な眼鏡を取り上げてジッと目を合わせると、蒼甫は片手で顔を覆って特大のため息をついた。

「……参った。おまえの知的好奇心ってヤツは、時と場合によって命取りになるぞ。危なっかしいなぁ」

「蒼甫が、見張ってて。おれに、いろいろ教えてよ。蒼甫が……嫌じゃないなら」

「ガンガン迫ったかと思えば、最後の最後に弱気になるのか。チッ、そんなところも堪らんとか思うあたり、無駄な抵抗だな」

諦めたような苦笑を零すと、千翔の腰を抱き寄せてくる。

尻尾の毛を指で梳き、ゆっくりと根元まで撫で下ろして……更にその下へと、指を滑り込ませた。

「あ……」

「この先は、怖いぞ。なにするか、わかってるのか？」

「わ、わかってる。性交渉……だろ」

それくらい、蒼甫より子供の千翔でも知らないわけがないだろうと言い返す。

睨むように見上げた蒼甫は、一瞬ポカンとした顔をして、何故か「はぁ」と憂鬱そうなため息をついた。

「その言い回しはどうかと思うが……まぁ、間違いじゃないか。おまえにとっては、未知との遭遇だろ。怖かったら逃げてもいいぞ」

「……逃げない。蒼甫に逃げるなって、言ったから」

自分がみっともなく逃げ出すなんて、できない。

蒼甫から目を逸らさず答えると、今度は苦笑されてしまったけれど……もうなにも言わず、唇を触れ合わせてくる。

「ん……ン」

蒼甫の舌が、口腔に潜り込んできて……絡みつき、口の中の粘膜を舐められる。肌がザワつくのは不思議な感覚だけれど、気持ちいい。

とろりとした心地になり、身体の力が抜ける。

「ぁ、ン……？　ッ！」

尻尾のすぐ下にあった指が、じわりと動いて……双丘の狭間に、入り込んでくる？

千翔は身体を強張らせたのだから、蒼甫に戸惑いは伝わっているはずなのに、指先が身体の中……に。

「っは、あ……蒼甫」

唇を離して、蒼甫の顔を見下ろす。診察台に着いていた膝の力が抜け、蒼甫の膝に座り込んでしまった。

「無茶はしない。俺に抱きついて、力……抜いてろ。息を詰めるなよ」

「うん」

どうするのか、聞かせてもらえないのは少し不安だ。でも、蒼甫がそう言うのだから大丈夫。

うなずいた千翔は蒼甫の肩に抱きついて、身体から力が抜けるように深呼吸をする。

「このままじゃキツイな。なんかあったか……」

つぶやいた蒼甫は、一度千翔から手を離して診察台の脇を探って……再び触れてきた。

今度は、少し冷たい濡れた感触と共に指を押しつけられる。

「ぁ……、なに」

「ただの保湿クリームだ。ジッとしてろよ」

ぬるぬる……摩擦抵抗のなくなった指が、浅い位置を行き来する。千翔がその感覚に慣れた頃を見計らい、深くまで挿入された。

今度は、指の数が増えて……る？

「ッ、ふ……ぁ、ン、ン……」

力を入れない。息を詰めない。

蒼甫の言葉を思い出して、自然と力みそうになる身体からなんとか緊張を逃がす。

身体が、これまでよりずっと熱い。どうなるのか、怖い。でも……蒼甫のぬくもりを感じるから、大丈夫。

大丈夫だと頭ではわかっているのに、どうしよう。ゆっくり抜き差しされるたびに、身体の奥がジンジンして……疼きがどんどん大きくなる。

「なん……で、ゃ、やっ！　ぁ……あっ！」

「や、じゃないだろ」

「わっ、わかんな……。わかんない」

なに？　なにかが、変だ。

これまでは違和感ばかりだったのに、指を動かされるたびにビクビクと尻尾が震えてしまう。

蒼甫は、滑りをよくしたものはただの保湿クリームだと言っていたから、蒼甫の指から
なにかが流れ込んできているのかもしれない。

「蒼甫。そーすけ……」

広い背中に抱きついた手で蒼甫のシャツを手繰り寄せ、ギュッと握り締めて未知の感覚
に耐える。

不安がすべてなくなる魔法の呪文のように、震える声で名前を繰り返していると、低い
声が苦しそうに「千翔」と呼んだ。

「……悪い」

「なんで、あやま……」

謝る理由などないだろうと、聞き返そうとした声が喉の奥に引っかかる。

深く突き入れられていた指が引き抜かれて……かすれた低い声が「ちょっとだけ腰を浮

かせろ」と言いながら、千翔の腰骨を掴んで引き寄せる。

「ん……ん」

声もなくうなずいた千翔は、震える膝になんとか力を込めて蒼甫の言葉に従った。

指よりずっと熱いものが触れた……と感じた直後、たとえようのない圧迫感に襲われる。

「あ……ぁ、っっ！」

ビクリと背中が反り、背後に揺らいだ身体を強く抱き留められた。

密着した蒼甫の身体が、熱い。身体の内側にある熱塊は、もっと熱い……。

「ふ……ぁ、ぅ……ッん」

「ッ、千翔……悪い。キツイよな」

「く、っるし……けど、嫌じゃない。だからっ……やめな、で。そーすけ……」

必死で縋りついて、苦しいと嫌はイコールではないと訴える。

この手を離したくない。離されたくない。もっと、息が止まってもいいから……強く抱き締めてほしい。

このまま、蒼甫のことだけをずっと感じていられたらいいのに……。

「そーすけ。蒼甫……好き。すき……だよ」

両手で蒼甫の頭を掴み、千翔に触れてくるときの手つきを真似て髪をグシャグシャに掻き乱す。

滲む涙で目の前が白く霞み、不鮮明な視界だけれど、千翔を見詰め返す蒼甫の表情はしっかり捉えることができた。

目元がほんのり上気して、いつもは鋭い目が熱っぽく潤んでいる。じわりと眉間に縦皺を刻み、千翔の尻尾を緩く握り締めてきた。

「今も……おまえは、俺の特別だ」

深い毛を掻き分け、尻尾のつけ根を指先でくすぐられて……ビクビクと身体を震わせた。

勝手に粘膜が収縮してしまい、身体の奥にある蒼甫の屹立を締めつける。その存在を今まで以上に感じて、ゾクゾクと背筋を悪寒に似たものが這い上がった。

「ッ……ぁ、尻尾……ダメ。今、触った……ら、ぁ!」

もう、なにも考えられなくなる。頭の中が真っ白で……全身を包む熱だけが、千翔を支配する。

これまで知らなかった、強烈としか言いようのない快楽に惑溺する千翔の耳には、もう荒れ狂う自分の鼓動しか聞こえない。

それでも、縋りつくことができるのは千翔を惑乱に落とし込んでいる、当の蒼甫しかいなくて。

「やぁ……ぁ！　たすけ……て、そーすけ」

「……俺が、絶対に守ってやるよ」

かすれた声で低く答えると、無我夢中で縋りつく千翔の身体をしっかりと抱き締めてくれた。

《九》

……動けない。

性交渉というものが、こんなに体力を消耗する行為だなんて、知らなかった。これまで、誰も教えてくれなかった。

「身体、起こすからな。俺にもたれかかっていいから」

「う……ん」

横たわっていた診察台から上半身を起こされて、蒼甫に身体を預ける。

お湯で湿らせたタオルで丁寧に全身を拭い、サラリと乾燥したふかふかの大きなタオルに包み込まれて、細く息を吐いた。

まるで、小さな子供だ。蒼甫の手に、なにからなにまで任せるのは心苦しい。

でも、もうしばらく動けそうにないのだから仕方がないと自分に言い訳をして、これ以上ないくらい蒼甫に甘えた。

「手。離すけど……少し座ってられるか？」

「……うん。平気」

うなずいたことを確認すると、千翔に背を向けて消毒薬や医療器具が並ぶ銀色のワゴンをゴソゴソと探り、こちらに向き直る。

「千翔、右手を出せ。ちょっとチクッとするぞ」

「うん？　……ぁ」

前置きをした上で手を握られるから、なにかと思えば、ひんやりとした脱脂綿で皮膚を拭って、甲の静脈に細い針を打たれる。

千翔はピクッと指先を震わせただけで、ボールペンのような小型の注射器から透明の薬液が注入されるのをジッと目に映した。

針が抜かれると、針跡に肌色の小さなテープを貼りつけられる。

一連の作業のあいだ、千翔が一言もしゃべらなかったせいか、蒼甫は苦笑を浮かべて尋ねてきた。

「なにをした、って聞かないんだな。正体不明の注射が、不安じゃないのか？」

「蒼甫がすることだから、不安はない」

即答すると、蒼甫は眉間の皺を深くして、持っていた注射器を銀色のダストボックスに投げ入れた。

千翔が腰かけている診察台に両手をつき、特大のため息をついて肩を落とす。

「……おまえなぁ、ちょっとくらい疑え。そんなに俺を信じてどうするんだよ。とんでもない悪人かもしれないんだぞ。実は蔵田と結託《けったく》していて、尻尾や耳だけじゃなく、でっかい翼まで生やそうとしているとか……」

「ん……それでもいいかな」

すぐ傍にある、蒼甫の黒い髪にそっと触れる。

大きな翼は尻尾よりも隠すのが大変そうだし、寝る時にも邪魔になりそうだな……とは思うけれど、まぁいいか。

「このまま完全な獣にして、誰にも見せないよう……俺以外の人間に触らせないよう、鎖に繋いで閉じ込めて、俺がいないと生きていけない状態にしてやろうとか、怖いことを画《かく》策《さく》しているかもしれない」

「それはそれで、幸せそう……かも。本当に、蒼甫だけが世話をしてくれるなら」

「独占欲が怖くないのか？」

「そこまで欲しがってもらえるなら、いい」

ムキになったように悪人アピールをする蒼甫に、千翔は淡々と答える。

難問解析ができなくても、役に立ちそうになくても……ただの『千翔』を求めてもらえるのは、嬉しいだけだ。

ジッと目を合わせると、蒼甫は眉間の皺をゆるめてガックリとうな垂れた。

「俺の負けだ」

敗北宣言をされても、勝ったなんて思わないし嬉しくもない。千翔は、蒼甫を負かそうと言い返したわけではないのだ。

それよりも、脅し文句ではなく先ほどの注射の解説をしてほしい。

「蒼甫、さっき」

言いかけたところで、蒼甫が「ん？」と唇の端をほんの少し吊り上げた。意味深な笑みの理由は……。

「そろそろ効いてきたか。身体で感じないか？」

「……え？　あっ、耳……戻ってる」

蒼甫の視線に導かれて耳に触れた手には、獣毛を感じない。つるりとした人間の皮膚と、軟骨があるだけだ。

慌てて尻に手を移し……豊かな毛量の尾が消えていることに、無言で目を見開いた。ほんの少し、尾骨《びこつ》のところに五センチほどの長さで、獣毛の名残があるくらいだ。コレを剃ってしまえば、きっと外見的な違和感はゼロになる。

「蒼甫……あの注射、なに？」

「やっと聞いたな」

この劇的な変化の理由は、アレ以外にないだろう。

唖然とした顔のまま尋ねると、ククククと肩を揺らして笑われてしまう。

「ワクチン……というより、血清に近いな。荒療治に近いが……ネコ科の動物に感染しても、人間には無害なものがあるだろ」

「FIVとか?」

猫だけの病気、と言われて一番に思いついたのがそれだった。FIVと呼ばれるウイルスによって引き起こされる、猫後天性免疫不全症候群だ。

千翔のつぶやきに、蒼甫は「当たり」と笑う。

「ああ、正しくそれだ。ちょっとばかりソイツの遺伝子配列を弄って、即効性と強毒性のヤツに細工した。FIVでユキヒョウの細胞核が増殖するのを防ぎつつ、最終的には死滅してもらう……予定だ」

「予定?」

うなずきながら聞いていた千翔だったが、最後につけ加えられた一言に「ん?」と首を傾げて聞き返した。

「きちんと臨床試験をしていないからな。実際に効くかどうかは、賭けだった。今は消えているが、また生えてこないって保証はない。悠長に試験はできねーから、おまえに投与する前に手っ取り早く人体実験はしてあるが……蔵田が余計なことをしなければ、こんなに早くに使う予定じゃなかったんだ」

蔵田の顔を思い浮かべているのか、忌々しそうに名前を口にして眉を顰める。

また生えないという保証はない、という言葉も気になったけれど、それより怖い一言を聞いてしまった気がする。

「人体実験、って……そんな危険なものに協力してくれる人なんて……いる？」

恐る恐る尋ねると、蒼甫はあっさりと自分を指差した。

「そりゃまぁ、俺しかいないだろ」

ギョッと目を剥いた千翔に、蒼甫はこれくらい大したことではない、と言わんばかりの軽い調子で続ける。

「蒼甫が自分で？　そんな危ないことしてっ、なんかあったらどうするんだ」

「静脈注射をして四十八時間経ったけど、今のところ無事だぞ。本当は、もっと長く時間をかけて経過観察をしたかったんだが……仕方ないな。ってことで、副作用が出るとしたら千翔より俺のほうが先だろうから、俺が意識を失ったり突然死したら、このデータファイルを信用できる人間に託せ。ディスクと、一応プリントしたものも一緒にしてある。シンクタンクの威信にかけて、研究所のトップクラスが寄ってたかって分析して……おまえのことだけでも、なんとかしてくれるはずだ。色んな意味で、貴重な症例だしな」

話しながらデスクの引き出しを開けた蒼甫は、白いファイルを手にして千翔の傍に戻ってくる。

差し出されたファイルをチラリと見遣った千翔は、受け取ることなく首を横に振った。

「……嫌だ。蒼甫以外の人に見せたり、弄り回されたりするの……」

「そいつは、俺も同意見だ。だが、念のため持ってろ」

「いらないって。うっかり蒼甫が死んじゃったりしたら、おれも……ユキヒョウの耳とか尻尾生やしたまま、蒼甫と心中するからいい」

どう言われても、受け取らない……と、ファイルから顔を背ける。

頑な千翔の態度に、蒼甫の声が険しくなった。

「バカ。よくねーよ」

「実験動物みたいな扱いをされるより、そっちのほうが……ずっといい。おれが一緒に死んじゃうのに絶対反対だっていうなら、蒼甫は無事でいなきゃダメだ」

「頑固者め。しかも、脅しつつサラリとプレッシャーをかけたな」

蒼甫の、これほど弱った顔を見るのは初めてだ。途方に暮れたような頼りない表情がおかしくて、ふっと唇を緩ませる。

「この状況で、笑えるのか。余裕だな、千翔」

千翔が受け取りを拒否したファイルをデスクに置いた蒼甫が、右隣に並んで診察台に腰かけてくる。

すぐ傍にあるその肩に頭をもたせ掛けて、これで話は終わりじゃない……と続けた。

「うん……蒼甫が一緒だから余裕。疑問はまだあるけど。……聞いていい？」

「なんだ？」

最大の疑問……というよりも、確かめなければならないものが残っている。色々と強烈なことが身に起きたけれど、忘れてなどいない。

逃がさないからな、という意味を込めて蒼甫の左腕を両手で掴み、顔を上げて目を合わせながら口を開く。

「蔵田が言ってた。……和久井、蒼甫……？」

和久井。閉じたドアの向こうから、確かにそう呼ぶ声が聞こえた。

いくら『ソウスケ』という名前が多い年代でも、『和久井蒼甫』がゴロゴロしているとは思えない。

質問というよりも、確信していることを蒼甫自身に認めさせたくて、ジッと見据えつつ答えを待つ。

「ッ、あの混乱の中でしっかり聞いて、憶えてたのかよ」

蒼甫は、ヒクッと頬を引き攣らせてぎこちなく千翔から目を逸らした。

その態度がすべてを語っているようなものだけれど、本人の口からきちんと説明を聞きたい。

「当然だ。おれの脳みそは、優秀なんだからな。……蒼甫が和久井博士だったら、ＦＩＶを改変した製剤を短時間で作れるのも納得できる。むしろそんなことは、和久井博士クラスの研究者じゃないと不可能だ」

そうだろう、反論してみろ……と腕を掴む手に力を込める。

この状況で言い逃れすることは不可能だと思ったのか、蒼甫は大きく息をついて「そうだよ」と呆気なく認めた。

「なんで、和久井博士だってことを隠すみたいにして……それより、幻獣医ってなに？世間じゃ、『和久井蒼甫』の死亡説まであるんだからな！　おれ、どんなに探しても見つけられなくて……なのに、なんなんだよっ。楽しそうに、黒豹を散歩させたりしてて！」

しゃべっているうちにどんどん感情が昂《たかぶ》り、掴んだ蒼甫の腕をぐいぐいと揺さ振る。

十年前のアカデミーの交流会で逢ったこと、話したことを、憶えている？

あれ以来、どれだけ『和久井博士』に逢いたかったか。

蒼甫が『和久井博士』？

とんでもなく可愛げのない態度で接したり、無遠慮なことを言ったり……あんなことまでして。今になって、子供の頃から憧れていた『和久井博士』と『蒼甫』が同一人物だったと発覚した衝撃を、千翔がどれほど感じているか。

文句は無数にあるのに、あまりの惑乱に、うまく言葉にできない。昂るあまり、息が止まりそうだ。

「千翔が言う『世間の求める和久井博士』は、死んだのと同じだ。俺はもう、絶滅種研究からは手を引いた。今は、ただの幻獣医だ」

「なんで……？　隠居するような歳じゃないだろ。まだ、研究は続いているし……」

和久井博士が表舞台から姿を消した後も、後継の研究者たちが絶滅種の復活に向けて研究を続けている。

最大の難関は、二世代三世代と、種を継続させることだ。

「千翔は、絶滅種を甦らせることについて、どう思う？」

静かに問いかけられて、「え？」と目をしばたたかせる。

絶滅したと言われている動物を、この世界に復活させることは……。

「夢と好奇心……かな。ロマンっていう人もいるけど、おれは単純に、図鑑でしか見たことのない動物が生きて動いているのを目の当たりにしたい。毛の色とか牙の長さとか、模型や図鑑だとマニュアル通りの決まった姿だけど、生きていると個性がそれぞれあるはずで……一匹だけじゃわかんないだろうから」

蒼甫に聞かれたことの答えになっているかどうか、わからない。そんな迷いを声に滲ませながら、口にする。

不安な顔をしているかもしれない千翔に、蒼甫はふっと小さく息をついた。

「若かった頃の俺も、似たような動機だった。朱鷺《とき》の翼は、本当に朱鷺色か？　とか……な。ガキの好奇心を持ったまま、年齢だけ大人になった。アイツらにとっての不幸は、俺がそれを実現させられる脳みその持ち主だった……ってことだな」

「不幸、って」

どうして、そんな言い方をする？

千翔は、アカデミーの大人たちに「天賦の才に感謝しなさい」と言われ続けてきた。望みを実現させることのできる頭脳と、環境に恵まれたことをありがたいと思い、努力し続けろと……。

蒼甫もアカデミー出身なのだから、同じようなことを言われて育ったはずだ。

「種が絶滅するには、一つじゃない理由があるんだ」

「環境の変化や、人間による乱獲《らんかく》……だろ」

絶滅の理由として、ポピュラーなものを挙げる。

生息地の環境が変わることだけでなく、先を考えない人間の乱獲によって数を激減させるという悲劇は、数百年も前から繰り返されてきた愚行《ぐこう》だ。

目に見えて少なくなり、残りが数頭になって慌てて保護しようとしても後の祭りなのだから、蒼甫が携わってきた研究はその手前で数の減少を食い止める目的もあるのでは？

「もちろん、それらも大きな要因だ。だけど、種としての選択でもある。環境の変化に適応して、種を継続させる動植物もいるんだからな」

「それは、環境の変化が何十年……何百年もかかるような、ゆるやかな場合で……劇的な変化には、適応できない」

「突然変異ってヤツで、逞しく順応することもある。安定した自然環境と天敵のいない楽園で、絶滅危惧に陥るのは何故だ？」

蒼甫と話しているうちに、頭が混乱してきた。

ひと通り、これまで習ってきたことの復習のようなものだ。それなのに、専門家であるはずの蒼甫が子供のような視点で今更な疑問を投げかけてくる。

「なんで……って」

わかっていた『つもり』のものが、わからなくなってきた。

千翔が混乱していることを知ってか知らずか、蒼甫は感情を窺わせない淡々とした調子で続ける。

「ここで産まれた復活種たちは、ＤＮＡに手を加えているせいか病原菌に対する耐性が低く寿命が短い。それに、たとえ子孫を増やすことに成功して自然環境に戻そうとしても、かつての生息地はほとんど残っていない。動物園で珍獣として見世物にされたり、金の有り余る好事家のあいだでコレクションとして取引されたり……幸せか？　二代、三代と子孫が続かないのは……あいつら自身が、種の存続を拒絶しているんだろ。人間が、エゴで甦らせるべきではなかったんだよ。運よく、たまたま遺伝子配列の綻びに気づいて細工に成功して……調子に乗った、『和久井蒼甫』の罪だ」

世間では『功績』と称賛されているものを、当の和久井蒼甫は『罪』だと自嘲の笑みを浮かべる。

「蒼甫……」

千翔は、名前を小さくつぶやいたきり言葉を続けられなくなってしまった。

否定の必要などない素晴らしい研究だと褒めることも、罪ではないと慰めることも……

蒼甫の言葉に同意することも、できない。

どう言っても、蒼甫にとっては表面的なフォローだと受け止められるだろうし、千翔には正しい言葉など思い浮かばない。

「研究から手を引いて、ごく一部の関係者以外には身元を隠し……ここでひっそり幻獣医をしているのは、俺のせめてもの罪滅ぼしだ。バースコントロールの術は確立していて、後戻りはできないからな。取り返しが……つかない」

蒼甫が言葉を切ると、シン……と沈黙が落ちた。

これまで、自分が目指してきたもの……目標としてきた到達点が、突如消え失せてしまったような心許《こころもと》ない気分になる。

千翔が、『和久井博士』が目標だったと語れば、蒼甫に拒絶されるかもしれない。拒絶より、絶望させてしまう可能性もある。

追い続けてきた『和久井博士』がすぐ目の前にいるのに、あいだに透明な分厚い壁が立ち塞がっているみたいで、とてつもなく遠く感じる。

唇を引き結んで白い床に視線をさ迷わせていると、千翔の頭の上に大きな手がそっと置かれた。

「困らせてるだろ。ごめんな。……俺の考えが正しいと主張して、おまえに押しつける気はない。これからも、千翔はおまえ自身の思うようにしろ」

蒼甫が、そうしてどことなく淋しそうに笑うから……千翔はこれからの自分がどうすればいいのかが、漠然と浮かぶのを感じた。

自分は間違っていない。見失ってもいない。昔も今も、目標は『和久井蒼甫』だ。

「おれが……これから、どうするか決めたら、蒼甫は応援してくれる？　どんな結論でも、反対しない？」

「ああ。協力は、できるかどうかわからんが……応援はするぞ」

たとえ、蒼甫の話を聞いた上で復活種研究に身を置こうとしても、蒼甫は千翔を蔑視《べっし》したりしないと髪を撫で回す手が語っている。

自分で決めろ。他人に惑わされるな、と。

自主性を大切にしてくれている蒼甫は、千翔が掲げた新たな第一目標を知れば「それかよ」と、ため息をつくだろうか。

「その言葉、忘れないでよ」

ダメだと突き放されるのが怖くて、髪に触れている手に身を任せた千翔は、思い浮かんだものを蒼甫に告げることなくかすかに唇を綻ばせた。

数秒の沈黙を、なにか思い出したらしい蒼甫が破る。

「あ、そうだ。一つ重要なことを言っておく。さっきの注射は対症特効薬みたいなものだ。いくらＦＩＶが人間には無害だといってもあまり強毒にするのは危険だから、ギリギリの用量に抑えたし……ワクチンと同じで、継続して定期的に接種したほうがいい。じゃないと、またいつ尻尾が生えたり耳が獣化するかわからん。副作用についても、心配だしな。今回の飼育バイトが終わっても、経過観察も兼ねて月一くらいでここに来るよう所長に話しておく。もちろん、本当のことは言わずに適当な理由をでっち上げる」

「わかった。堂々と蒼甫に逢いに来られるのは……嬉しい」

蒼甫を見上げた千翔は、思うままを口にして自然と頬を緩ませる。

千翔の髪に触れていた蒼甫の手に、グッと力が入り、頭を抱き寄せられた。

「おまえ、マジで天然……っつーか、計算じゃないから可愛いんだよ。尻尾を消すのが、もったいなくなってきた」

背中を撫で下ろした手が、羽織った大きなタオルの裾から潜り込んでくる。尾骨のところに、かすかに残る尻尾の名残り……五センチほどのやわらかな毛を摘まんで軽く引っ張られて、ビクリと身体を跳ね上げさせた。

「引っ張るなよ。痛い。ビックリした」

「はは、悪い。引っ張っても、スッポ抜けたりはしないか」

「蒼甫が、尻尾があるほうがいいなら……また生やしてもいいけど。ユキヒョウの尻尾、好きなんだよね？」

敷き込むと痛いから仰向けに寝られないのは厄介だったし、隠すのも面倒だったけど、蒼甫が望むなら……と、尻あたりを触る手を振り払うことなく伝える。

「バカ。調子に乗らせるな」

ペチッと一度尻を叩いて、蒼甫の手が離れていった。

千翔は、本気だったのになぁと唇を尖らせる。

「そういえば、蒼甫……おれが五歳の時に、アカデミーの交流会で逢ったことあるの、憶えてる？」

「ああ。もちろん。小っちゃいのが、一生懸命に俺が寄贈したぬいぐるみを見てた」

「あれ、蒼甫からの贈り物だったんだ」

ドードーや、サーベルタイガーのぬいぐるみは、今もアカデミーのライブラリーにあるはずだ。

千翔があそこにいた時は、毎日のように通り際にコッソリ声をかけていた。

「あの時の千翔との約束は結局破ったし、この先も守れないからな。指切りげんまんしたのに、嘘になって……ごめん」

「子供との指きりなんて、忘れてると思ってた」

一人きりは淋しいだろうから、仲間を増やしてあげて……と。指切りげんまんしたことを、蒼甫も憶えているとは思わなかった。

「あ、それで……おまえには『もう』嘘をつかない、って言った？」

あの言葉を耳にした際の違和感の答えを知り、奇妙な引っかかりがスルリと解ける。

一人で答え合わせをして納得する千翔に、蒼甫が小さく笑う。

「さすが、いい記憶力だな。今度の指切りげんまんは、破らないからな。針千本を飲むのは、許してくれるか？」

今度の指切りげんまんとは、俺が尻尾をなんとかしてやる。千翔を守るから……というあれか。

既に尻尾はなくなったし、蔵田から守ってもくれたけれど、『指切り』の有効回数は一度ではないらしい。

ここで、「過去の約束と現在のものは別件だ。でも、飲む針の数を千本じゃなく五百本に減らしてあげる」と言えば、蒼甫はどんな顔をするだろう。

チラリと意地の悪い考えが浮かんだけれど、蒼甫の目にわずかながら不安の色が滲んでいるのが見て取れて……実行はやめることにした。

「蒼甫のこと、信じてる。おれのことも……信じて。蒼甫の味方、するから。ちょっとだけ、待ってて」

「……ああ」

味方とは、具体的にどうする気だと……問い質すことなく、微笑を浮かべてうなずいてくれる。

信じようとしてくれている。

重ね合わせてきた唇に、瞼を伏せて応えながら広い背中に手を回した。

この人工島の奥に雲隠れしたのも、存在を消すようにしてひっそり幻獣医をしているのも、世界中の研究者たちからの追跡を逃れるためなのだろう。

積み上げてきた功績や、これから得られるであろう名声に莫大な富……すべてを拒絶しようとする蒼甫に対する風当たりは、相当強かったに違いない。

データベースから消されていた五年分のデータや、実しやかな『死亡説』が、それを物語っている。

誰になにを言われても、おれが蒼甫の味方になるから……と。

千翔は広い背中をギュッと抱き締めて、心の中で誓いを立てた。

《エピローグ》

初めてこの部屋に足を踏み入れたのは、三年前。身に起きた『尻尾』という異変に、不安でいっぱいだったのを憶えている。

それが今では、蒼甫が責任者を務めるこの医務室は千翔にとって馴染みのある場所だ。

ただ、今日ここにいるのは、月に一度の定期健診という名目のワクチン接種でもなければ学生の見学者という立場でもない。

「この前逢った時も、意味深に言いかけてやめたりして……なにか、コソコソ隠しているとは思ってたんだ。でもまさか、コレとはなぁ」

千翔を前にしてそう口にした蒼甫は、なんとも険しい表情だ。

腕を組んで仁王立ちしている蒼甫を見上げた千翔は、首を傾げて聞き返した。

「不満？」

「そんなわけないだろ。つーか……獣医師国家試験とここの入所試験を、あっさりパスしやがって。どっちも、難関試験に入るはずなんだけどなぁ。それに、よく周囲が許したな」

蒼甫は、天井付近に視線を泳がせながらぶつぶつと零している。

もっと嬉しそうに笑ってくれると思っていたのに、さっきから苦い顔しか見ていない。

不満ではないと言ったけれど、千翔が蒼甫と同じ肩書きを下げて隣に立とうとするのは歓迎されていないのではないかと、不安が込み上げてくる。

「明確な目標があって、それを叶えることのできる環境と能力を持っているなら、活用しないなんて馬鹿だ。おれの人生の、おれの選択なんだから……誰にも文句なんか言わせない」

不安を隠そうとしたら、自分でも眉を顰めたくなるような傲慢な言い回しになってしまった。

失敗したかと視線を足元に落とすと、粗雑に頭を撫で回された。それは、いつもと同じ『蒼甫の手』で、少しだけ緊張が解れる。

「ああ。その通りだ。おまえは格好いいよ。いろいろ……大変だったろ」

低く穏やかな声は、不快そうなものではない。

嬉しそうという感じでもなく、どこか諦めたような空気が漂っているのが気になるけれど、拒まれていないことは伝わってくる。

「大変っていうほどじゃなかった。公衆衛生学の単位とか、半分以上は修士課程の段階で取っていたし……新入学じゃなく編入って形で獣医学科に入ったから、ワープしたようなものかな。研修はここがいいって志望したら、所長が許可してくれた。……だから、蒼甫の助手にしてください」

所長の許可は得ていても、責任者の蒼甫にダメだと言われてしまったら、別の獣医師の下で研修をしなければならないかもしれない。

断られるなどと、考えもせず来てしまったけれど……蒼甫の苦い顔を見ていたら、不安が湧いてしまう。

緊張を漂わせて答えを待っていると、蒼甫は一つ息をついて眉間の皺をゆるめた。

「はいはい。こき使ってやるよ」

「……よろしく、お願いします」

ようやく望んでいた答えをもらえたことにホッとして、頭を下げた。

これで……一番近くで、蒼甫の味方をすることができる。

研究を名目に、復活絶滅種は次々と産まれている。幻獣医は、一人でも多いほうがいいだろう。

蒼甫の言うように、アカデミーの関係者を始めとした周囲からは『幻獣医』になることを猛反対されたけれど、これまで反抗などしたことのない千翔の意思が固いと汲んでからは説得を諦めたらしい。

きっと、絶滅種研究所で『和久井蒼甫』の下に入るのだと言ったことも、態度を軟化させた理由だと思う。

千翔が『和久井博士』を表舞台に引っ張り出すいい刺激になるのではと、期待されていることはわかっているが、千翔自身にその気は皆無だ。逆に蒼甫と二人で、隔絶された研究所の奥に引き籠もってやろうと考えている。

周囲の誤解と期待を都合よく利用させてもらおうと、多く語らなかった自分はきっとズルい。

後になって、どれほど卑怯者だと言われるとしても、どうしても蒼甫の傍に来たかった。

「蔵田は、まだ執念深く、おまえを疑っているからな。尻には気をつけろよ」

千翔は真面目に挨拶をしていたのに、茶化す台詞と共にスルリと白衣越しに尻を撫でられて、勢いよく頭を上げた。

「セクハラ禁止。ワクチン接種の予定日を延ばして、尻尾を弄らせろ……なんて誰かサンが言わなければ、心配無用です。普段は、きちんと抑えられてるんだ。触られても脱がされても、どうってことない」

蔵田に尻尾を捕まれる危険があるとしたら、原因は蒼甫だ。

そう睨んだ千翔に、蒼甫はすっ呆けた顔で右手を上げてカリカリと頭を掻く。

「カワイーから、つい。でも、まぁ……ちょっとは気をつけるか」

月に一度のワクチンの定期接種で、尻尾や耳の獣化は抑えられている。

ただし、それにはわずかながら問題があって……ワクチン接種のタイミングを誤ると、うっかり尻尾が出現してしまうのだ。

臨床試験と称して蒼甫のところに泊まり込んで実験した結果、前回のワクチン接種から四十日以上期間が空けばアウトだと確認した。

そうして意図的に生やされた尻尾は、倍量のワクチンを接種することで消失するということも実験済で……だから、蒼甫はたまに「ユキヒョウ尻尾を触らせろ」と、楽しそうに笑って千翔に尻尾を生やさせようする。

初めは拒否したり怒ったりしていた千翔だが、蒼甫があまりにも幸せそうに尻尾を弄るものだから、たまにならいいかと……つい、甘くなってしまう。

本物のユキヒョウではなく、千翔とセットだから可愛いのだと、そんな台詞に絆される自分にも問題アリだとは思うけれど。

「ちょっとじゃなく、気をつけようよ……」

どうしてこの人は、こう……危機感が足りないというか、よく言えば鷹揚《おうよう》としているのだろう。

千翔が険しい顔をしていると、笑って両腕の中に抱き込まれた。

「怖い顔をするなよ、千翔チャン。……俺の味方をするって、このことだったんだな。最強の味方だ」

軽い口調で茶化したかと思えば、真面目な声でそんなふうに口にする。蒼甫は、緊張を抜くところと締めるべきところとの見極めが見事とでもいうか、絶妙のバランス感覚を持っていると思う。

だから結局、千翔は怒ったふりをし続けられなくなってしまうのだ。

蒼甫にとって千翔は、いくつになっても子供みたいなものなのかと思えば少し悔しくて……でも、髪を撫でられるのは嫌いじゃないから逃げられない。

「約束、したし」

「ああ。俺の約束も有効だ。一生守るぞ」

その「守る」の主語は、『約束』なのか『千翔』なのか、聞き返そうとしてやめた。

どちらにしても、根底にある答えは同じだと気がついたから。

「もし蔵田に研究室に引っ張り込まれて、無理やり触られそうになったり脱がされそうになったりしたら、すぐに連絡しろよ。おまえを助けるためって大義名分を振りかざして、思い切り踏みつけてやる」

「そうやって……ストレス解消しようと思ってるんだろ。最終的に蒼甫の手のひらで踊らされる蔵田に、ちょっとだけ同情する」

この数年、定期的に研究所に通っているうちに、なんとなく二人の関係性が掴めた。

蔵田がどんなことを企もうとも、常に蒼甫が先回りしていて、巧みに蒼甫の思惑通りに誘導されるのだ。

いつも邪魔をして……と地団駄を踏んでいたことから察するに、千翔が知るずっと前から繰り返されているに違いない。

きっと、蔵田がどんなことをしても蒼甫が一枚上手だ。

「俺の千翔に手ぇ出そうとして、それくらいで済まされるんだから……寛大だろ？」

「そうかなぁ」

わざと呆れたふうを装って一言だけ零し、白衣に包まれた蒼甫の背中を抱き返す。

小さく吐息をついた千翔は、長い『一生』のあいだ、時々なら尻尾を触らせてあげてもいいかなぁ……と苦笑を浮かべた。

■あとがき■

こんにちは、または初めまして。真崎《まさき》ひかると申します。この度は『しっぽが好き?』をお手に取ってくださり、ありがとうございました!

大変お久しぶりのショコラ文庫さんですが、タイトルからお察しいただける通り、ちょっぴりイロモノです。……尻尾です。ユキヒョウです。

ユキヒョウの尻尾って、すっごく毛量が多い&長いので、ふわふわのもこもこですよね。写真を眺めて、触りたいなぁ……と悶えつつ、両手をわきわきしてしまいました。夏場は暑くて、大変そうですが……。

舞台は、なんちゃって近未来です。なんとなーく近未来? という感じで、ツッコミどころを横に置いていただけると幸いです。

イラストを描いてくださった小椋《おぐら》ムク先生、凶悪なほど可愛いユキヒョウ尻尾の生えた千翔《ちか》とワイルドで男前な蒼甫《そうすけ》を、ありがとうございました!

平常の千翔も可愛いのですが、尻尾&耳が獣化した千翔も、本っ当に可愛くて……これは、イタズラしたくなるよなぁ……と変質者目線になってしまいました。自分では否定していましたが、微妙に変態な空気を放っていた蒼甫を、男前コーティングでフォローしていただけてありがたいです。

今回もとてつもなくお世話になりました、担当F様。色々と手のかかる人間で、申し訳ございません。根気強くおつき合いしてくださり、ありがとうございました。今後ともよろしくお願いいたします。

末尾になりましたが、ここまで読んでくださった方にも、めいいっぱいの『ありがとうございます』をお伝えしたいです！　ほんの少しでも楽しいお時間を過ごしていただけましたら、とっても嬉しいです。

残りスペースも少なくなりましたので、そろそろ失礼します。また、どこかでお逢いできますように。

二〇一六年　近年の夏の陽射しは殺人光線ですよね……　真崎ひかる

初出
「しっぽが好き?～夢見る子猫～」書き下ろし

CHOCOLAT
BUNKO

この本を読んでのご意見、ご感想をお寄せ下さい。
作者への手紙もお待ちしております。

あて先
〒171-0014東京都豊島区池袋2-41-6
第一シャンボールビル 7階
(株)心交社 ショコラ編集部

しっぽが好き?～夢見る子猫～

2016年8月20日 第1刷

著 者:真崎ひかる
発行者:林 高弘
発行所:株式会社 心交社
〒171-0014 東京都豊島区池袋2-41-6
第一シャンボールビル 7階
(編集)03-3980-6337 (営業)03-3959-6169
http://www.chocolat_novels.com/
印刷所:図書印刷 株式会社

恋という字はどう書くの

そんな目で見るな、可愛すぎて、いじめたくなる。

鳩村衣杏
イラスト・亜樹良のりかず

疎遠になっていた幼馴染の瀧上昇と、ある事情で同居することになった書道家の工藤有翔。幼い頃は神童と言われながらも、今は実家の書道教室で教える日々の有翔は、男性向け和装の会社を興し、大人しかった学生時代とは別人のような「デキる大人の男」となった昇に驚きと羨望と嫉妬を感じるが、些細な諍いから突然押し倒されたことで、実は昇が有翔に対する長年の憧れと初恋をかなりこじらせていることを知り——!?

小説ショコラ新人賞 原稿募集

賞金

大賞…30万
佳作…10万
奨励賞…3万
期待賞…1万
キラリ賞…5千円分図書カード

大賞受賞者は即文庫デビュー！
佳作入賞者にも即デビューのチャンスあり☆
奨励賞以上の入賞者には、担当編集がつき個別指導!!

第12回〆切
2016年10月7日(金) 消印有効
※締切を過ぎた作品は、次回に繰り越しいたします。

発表
2017年2月下旬 ショコラHP上にて

【募集作品】
オリジナルボーイズラブ作品。
同人誌掲載作品・HP発表作品でも可（規定の原稿形態にしてご送付ください）。

【応募資格】
商業誌デビューされていない方（年齢・性別は問いません）。

【応募規定】
・400字詰め原稿用紙100枚～150枚以内（手書き原稿不可）。
・書式は20字×20行のタテ書き（2～3段組みも可）にし、用紙は片面印刷でA4またはB5をご使用ください。
・原稿用紙は左肩をWクリップなどで綴じ、必ずノンブル（通し番号）をふってください。
・作品の内容が最後までわかるあらすじを800字以内で書き、本文の前で綴じてください。
・応募用紙は作品の最終ページの裏に貼付し（コピー可）、項目は必ず全て記入してください。
・1回の募集につき、1人2作品までとさせていただきます。
・希望者には簡単なコメントをお返しいたします。自分の住所・氏名を明記した封筒（長4～長3サイズ）に、82円切手を貼ったものを同封してください。
・郵送か宅配便にてご送付ください。原稿は返却いたしません。
・二重投稿（他誌に投稿し結果の出ていない作品）は固くお断りさせていただきます。結果の出ている作品につきましてはご応募可能です。
・条件を満たしていない応募原稿は選考対象外となりますのでご注意ください。
・個人情報は本人の許可なく、第三者に譲渡・提供はいたしません。
※その他、詳しい応募方法、応募用紙に関しましては弊社HPをご確認ください。

【宛先】 〒171-0014
東京都豊島区池袋2-41-6
第一シャンボールビル 7階
（株）心交社 「小説ショコラ新人賞」係

CHOCOLAT BUNKO